女人必须是独立的，
婚姻与男人都不可依附，
唯有靠自己才能改变命运。

真正的"女神",
不仅外表精致,而且人生精彩。

精神富足的女人，
不需要别人赋予自己人生的意义，
哪怕周遭只有自己，世界同样精彩。

女人越是理性，活得便越是高级。

最高级的悦己，是活成自己想要的样子。

这世上不是没有真情,只看是否遇上了对的人。
最好的婚姻,就是互相成就。

一个真正的美人，
一定是独立、自尊、自强、自爱的。

女人的优雅,永远比漂亮更高级。
那是言谈举止之间透露出来的渊博知识和深厚的修养,
举手投足,皆是从容有度。

精神有光
灵魂有香

20位民国女子的人生图鉴

● 白凝 著

天津出版传媒集团

天津人民出版社

图书在版编目（CIP）数据

精神有光，灵魂有香：20位民国女子的人生图鉴 / 白凝著 . —天津：天津人民出版社，2020.8
　ISBN 978-7-201-16087-0

Ⅰ.①精… Ⅱ.①白… Ⅲ.①随笔—作品集—中国—当代 Ⅳ.①I267.1

中国版本图书馆CIP数据核字（2020）第107799号

精神有光，灵魂有香：20位民国女子的人生图鉴
JINGSHEN YOU GUANG, LINGHUN YOU XIANG: 20 WEI MINGUO NÜZI DE RENSHENG TUJIAN

出　　版	天津人民出版社
出 版 人	刘　庆
地　　址	天津市和平区西康路35号康岳大厦
邮　　编	300051
邮购电话	（022）23332469
网　　址	http://www.tjrmcbs.com
电子信箱	reader@tjrmcbs.com
责任编辑	霍小青
特约编辑	李　雪
装帧设计	王　媚
制版印刷	河北鹏润印刷有限公司
经　　销	新华书店
开　　本	880毫米×1230毫米　1/32
印　　张	9
字　　数	200千字
版次印次	2020年8月第1版　2020年8月第1次印刷
定　　价	48.00元

版权所有 侵权必究
图书如出现印装质量问题，请致电联系调换（022-23332469）

序 言

命运从不由天定，幸福取决于心性

这世上从不缺少容貌姣好的女子，尤其是我们生活的当下。但你若深究，她们究竟因何走入人们的视野，又在你的记忆中留下了多么深刻的一笔，却纵然绞尽脑汁也寻不到一个答案。

没有深度的灵魂，纵然美得倾城，也不过如同绚烂的烟花，刹那绽放之后，过去便过去了，再也不能在世人心中占据一席之地。少了灵魂的精彩，不过是外表的惊艳。而那些从灵魂深处散发出优雅气息的女子，纵然时光荏苒，岁月侵蚀了她们的容颜，人们还是觉得那一个个鲜活的身影依然深驻于脑海，时不时浮现于眼前。

她们的名字，随便提起一个，便是一段不朽的传奇。如林徽因，爱得理智，一生冷静隐忍；如萧红，爱得热烈随性，从不加以克制；又如阮玲玉，短暂的人生无比光鲜，在爱情中却又如此卑微……还有些女子，她们从不将爱情当作生命中的唯一。如蒋碧薇，失去了婚姻，便用财富来成全自己；如董竹君，从不为所谓的爱情，失去自己原本的颜色;又如陈香梅,爱便爱得轰轰烈烈,不在意世间的任何规矩与闲言碎语,痛失爱人之后,又转身在美国的政坛如鱼得水……

唯有她们,才不愧"女神"的称谓;唯有她们的人生,才真正配得上用"精彩"来形容。

谁说女人的命运由天定?其实你的幸福抑或不幸,全都取决于你的心性。

女人的悲喜剧,每一天都在上演,无论命运怎样捉弄,你若坚忍,生活便不再坎坷。勇敢的张幼仪,便是在遭遇前夫徐志摩抛弃之后,于人生的绝境中重整旗鼓,活出了另一片天地。从弃妇到人生赢家,她走得艰难,却赢得漂亮。没人能说她的逆袭是源于幸运,也绝不再有人说,第一段婚姻的失败是她的悲哀。

20位世人心目中的民国女神,有最精致的外表、最丰盈的灵魂,一缕清风拂过,整个世间都留下她们的香气。若说女子如花,她们无不绽放得那样骄傲。有人如山茶,盛开得热烈又不失天真;有人如桃花,粉面妖娆,惊动春风;有人如芍药,美艳华丽,却不落凡俗;有人如莲花,一生纯净,不染纤尘。

她们不只是一个个记录于纸上的名字,还是一个个鲜活的生命,即便活在那个已经远去的时代,她们的故事也从来不曾湮没于尘埃。这个世界,她们曾经来过,留下了属于她们的欢欣与落寞。若你愿意,也请记住她们的故事,更愿她们的精神品质,能成为你未来人生的指引。

目录

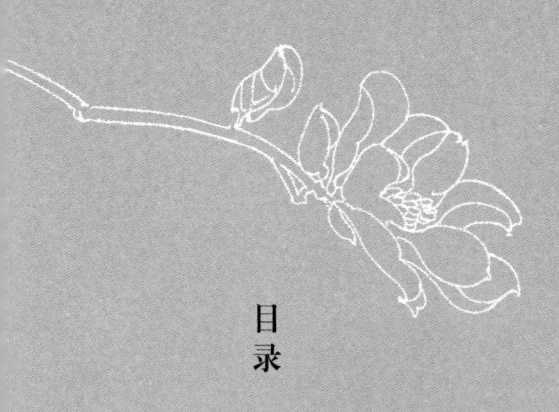

林徽因 | 放弃错的爱情,才会遇到对的人...001

理智的爱,容不得一点马虎...003
婚姻是展示自我的舞台...007
情与爱,唯有聪明的女子才能区分...012

陆小曼 | 一生不羁是对流言最好的辩白...015

富养的女儿,一颦一笑皆是风景...017
妻子绝不是丈夫的点缀品,而是知音...021
沉默是最深的悔恨,亦是最好的救赎...025

张幼仪 | 离婚成就了最好的自己…029

好女人偏遇上坏婚姻…031
与其做怨妇,不如成全自己…035
过得幸福,是最有力的报复…039

张爱玲 | 爱就是不问值不值得…043

若不想被人拒绝,最好的方式就是拒绝别人…045
卑微到没有底线,换不来爱情…049
活得通透了,自己就是全世界…054

阮玲玉 | 爱错了人,究竟有多可悲…057

被宠坏的男人,不值得期许…059
事业拯救不了只相信爱情的人…063
流言的世界里,活着比死亡更可怕…067

杨绛 | 顺境中贤惠聪明,逆境中淡定从容…071

世上最好的爱情,叫作"势均力敌"…073
家庭琐事最体现女人的智慧…076
没有困难可以打倒一个内心坚定又乐观的女人…080

萧红 | 裸露着灵魂，却爱得悲哀...083

盲目的依赖，是爱情的囹圄...085
中国少了一个家庭妇女，却多了一个流浪者...089
真正的独立，是靠自己...093

孟小冬 | 一身棱角，一生倔强...097

学艺可以忍辱负重，爱情不行...099
爱情不在，尊严要在...103
旖旎幻境，不如一碗热汤...107

吕碧城 | 不做剩女，只做"胜女"...111

婚姻不是女人的必需品...113
女人的价值从来不是依靠男人...117
最高级的悦己，是活成自己想要的样子...121

胡蝶 | 明明有颜值，却偏要拼才华...125

寻找幸福是一种本能...127
既能爱得热烈，也能爱得精明...131
就算被命运捉弄，也可以再好好活...134

董竹君 | 离开错的人,才算是成全自己...139

获得新生,必须忍受涅槃的疼痛...141
离开谁,都能精彩过一生...145
女人最大的安全感来自事业,而不是男人...150

蒋碧薇 | 爱情与金钱,总要有一样...153

爱情一旦拥有,便已开始凋谢...155
熬出来的婚姻,是掺了砒霜的糖...159
爱要不顾一切,恨要酣畅淋漓...164

潘素 | 最好的婚姻,是互相成就...167

一见钟情不是运气,是眼光...169
想留住男人的心,就别让自己贬值...173
福祸同享,是最上乘的婚姻...177

唐瑛 | 半生华丽,半生云淡风轻...181

来人间一趟,就要做一辈子美人...183
女人应活得美丽,更应活得清醒...187
不是把自己打扮成美人,而是活成美人...191

张兆和 | 无爱的婚姻读不懂他的真情...195

拒绝爱情,需要勇气...197
两个人的婚姻,一个人的爱情...201
无法深爱,只因忘了去懂你...205

苏青 | 不甘寂寞,却不如寂寞...209

婚姻不是女人的靠山...211
先谋生,再谋爱...215
为生存而妥协,虽不能免俗,亦不失真诚...219

凌叔华 | 女人不能堕落为某个人的妻子...223

别急着世俗,生活会教给你一切...225
信任比爱慕更难得...229
生活不只有苟且,还有诗和远方...233

陈香梅 | 把自己当成事业来经营...237

巾帼从不让须眉...239
爱情是可以跨越国界与年龄的...243
经营自己,何时开始都不晚...247

朱梅馥 | 爱你,就陪你颠沛流离,与你同生共死...249

青梅竹马,经不起异地恋的考验...251
"菩萨式的隐忍"不是大度,是委曲求全...255
只为一人而活,不是生命的意义...259

郭婉莹 | 哪怕跌落尘埃,也要优雅如神...263

优雅是一种习惯...265
女人要懂得依赖,又不能过于依赖男人...269
即使落魄,也不能狼狈...272

后记 | 女人的精彩,在于内心丰盈...275

林徽因

放弃错的爱情,才会遇到对的人

对于艺术、文学、建筑,甚至人生,林徽因都有超越常人的悟性。虽生在一个才女辈出的年代,却并没让别人掩盖住她的光芒。正如有人评价的那样,她就是一个不食人间烟火的女神,行走于红尘之中,却向来与世无争,淡定从容。

理智的爱，容不得一点马虎

在许多男人心中，林徽因是一抹温柔的印记。她热爱古建筑，也喜爱诗歌，在理性与感性之间切换自如，活得与世无争。

有人说，她是不食人间烟火的仙女。寻常女子纵然再美，又哪能禁得住岁月的摧残？即便被誉为仙女，谁又能在"仙境"中待一辈子？林徽因却偏偏做到了，因为她懂得，仙女落入凡尘，感受人间烟火，同样可以美得脱俗。

出生于浙江杭州的林徽因是一位典型的江南女子，她的祖父是进士出身，曾在浙江金华、孝丰等地担任官职。父亲林长民则毕业于日本早稻田大学，在诗文和书法方面都颇有建树，曾经在北洋政府做过司法总长。

与父亲相比，林徽因的母亲何雪媛多少显得有些逊色。她是浙江嘉兴一个小商人的女儿，没有接受过新式教育，文化程度不高，沉溺于旧思想之中，个性有些急躁、固执，不讨男人喜欢。更可悲的是，她只是林长民的第二个妻子，也就是继室。

林徽因的父亲先后一共有三个妻子，最受他宠爱的是第三个。平时，他很少去林徽因母亲居住的后院。因此，林徽因从小就能感受到，当一个女人失去了丈夫的宠爱与尊敬，将会活得多么压抑。

或许是因为父亲与母亲的关系，林徽因太早地见识到婚姻中最阴暗的一面。这也让她在日后能爱得理性而又克制。

虽然林徽因的母亲不受父亲喜爱，但自幼机敏过人，又聪慧好学的林徽因，却被父亲视作掌上明珠。林长民想要好好地栽培这个女儿，为了让她拓宽视野，接触到世界最先进的文化，1920年开始，他带着林徽因游历欧洲。

林徽因曾说："我知道自己其实是个幸福而走运的人，但是早年的家庭战争已使我受到了永久的创伤，以致如果其中任何一点残痕重现，就会让我陷入过去的厄运之中。"

16岁，情窦初开的年华，林徽因在欧洲邂逅了浪漫的诗人徐志摩。有时候，爱情就是一种不期而遇。那一天，徐志摩接受林长民的邀请来到林家，一进门，就听见林长民向楼上喊："徽因，快下来，有客人来了。"徐志摩立刻听到一声清脆的回答，随后便是高跟鞋接触楼梯的声音，仿佛一串优美的乐曲，在楼梯上弹奏开来。

一袭白裙的林徽因，就这样翩然伫立在徐志摩面前，如同仙女徐徐飘落凡间。徐志摩看得忘记了呼吸，还是林徽因主动伸出手，大方地表示欢迎，徐志摩才缓过神来。

他们三人坐在桌边尽情谈笑至半夜，林长民提前离场，林徽因和徐志摩却一直交谈到天明。当意识到自己必须离开时，徐志摩早已在林徽因的才华与美貌中沉沦。他的浪漫、热情、优雅与博学，也深深地吸引了林徽因。

林长民向来开明，鼓励女儿寻找自己的爱情，并且，他也同样欣赏徐志摩的才情。于是，徐志摩与林徽因走得越来越近。

康桥是徐志摩和林徽因最喜欢去的地方，那里迷人又浪漫，当夜幕降临，林徽因的双眸在月光下脉脉含光，让徐志摩迷恋得无法自拔。

他们的爱情在异国他乡迅猛地滋长着，但理智也提醒林徽因，横亘在别人的家庭中间，她的爱情注定得不到祝福。

刚好，林长民有回国的打算，林徽因便决定跟随父亲乘坐邮轮回国。出发的那天，徐志摩前来送行，林徽因纵然不忍割舍一段热恋，可为了彼此的幸福，她还是咬着牙斩断情丝。

多年以后，当谈起这段旧事，林徽因认真地说："其实徐志摩他爱的并不是真正的我，而是他用诗人的浪漫情绪想象出来的林徽因，可我其实并不是他心目中所想的那样一个人。"

后来，徐志摩终于和张幼仪离了婚。那一纸离婚协议，让他如获至宝，兴冲冲地赶回国找到林徽因。可惜，却终究没能与她再续前缘。

不知林徽因是否真的对徐志摩再无一丝感情，那时的她，已经和梁思成订婚，足见她是一个能用理性战胜情感的人。

不久，林徽因与梁思成一同去往美国留学。远离父母的异国生活，让她的身心更加成熟，也更加懂得如何理智地控制自己的感情。回国之后，林徽因与徐志摩偶有往来，不过，她始终与他保持着适当的距离，既不会过分亲密，也不会过分疏离。

这一段未能结果的爱情，在林徽因心底留下了深深的烙印。得知徐志摩死讯的那一刻，向来端庄冷静的她，竟然瘫软在地号啕大哭。梁思成也加入了搜寻徐志摩遗体的队伍，当他归来时，带回一块徐志摩生前乘坐的飞机的残片，算是徐志摩留给林徽因最后的怀念。

婚姻是展示自我的舞台

林徽因与梁思成的结合,似乎是自然而然的事情。当年,梁启超担任民国政府财政总长时,林长民正担任司法总长。同在北京任职的两个人,私交甚好。早在林长民带林徽因游历欧洲之前,他和梁启超就有意撮合自己的一双儿女。

当年,17岁的梁思成第一次见到14岁的林徽因时,她的清澈与灵动令他眼前一亮。爱情的产生,或许就是一刹那的事情,梁思成知道,自己爱上了这个美丽的姑娘。

从伦敦回国后,林徽因先是跟父亲回了上海,之后又随父亲一起,被梁启超派人接回北京。

与林徽因重逢后,梁思成更加笃定,这就是他想要共度余生的人。在那次交谈中,林徽因谈到自己以后要学建筑。而当时的梁思成对什么是建筑,并没有深刻的理解。林徽因告诉他,那是包括艺术和工程技术为一体的一门学科。

当时的女子,大多喜欢风花雪月的学科,文学、音乐、绘画,是女子最热衷的专业。在很多人看来，建筑是一门充满枯燥的理论和数据的学科，林徽因却偏偏热衷于此。这源于她的远见，她知道，在不久的将来，建筑学可以为中国的建筑服务。

他们很快便坠入了爱河，父辈们更是非常乐意看到他们和睦相处。不过，梁思成的母亲和姐姐梁思顺却并不喜欢林徽因，有人说，林徽因似乎没有什么女人缘，想必这便是一个出处。不过，母亲和姐姐并没有成为他们婚姻的阻碍。按照梁启超的安排，梁思成从清华大学毕业之后，就带着林徽因一同出国留学。

于梁启超而言，这是一举两得的事情。既可以让自己未来的儿媳避开徐志摩，也可以增进他们夫妻双方的感情。不过，出国留学的事情，进展得并不顺利。梁思成因为骑着摩托车参加"国耻日"示威大游行，不幸发生车祸，被送进医院急救。一个月之内，他一连接受了三次手术，出国的日期也不得不延迟。

梁思成养病的这段日子，他与林徽因之间的感情在不知不觉间升温。林徽因每天都会去医院陪梁思成说话，给他安慰，对他照顾有加。这让梁思成忘记了腿伤的疼痛，每一天都在幸福快乐中度过。

1928年，林徽因和梁思成在加拿大举行了婚礼。当时梁思成问："为什么选择我？"林徽因答："这个问题我要用一生来回答你。"

不俗的回答，正如林徽因脱俗的个性。婚姻对她来说，是另一段美好人生的开始。

婚后，梁思成将林徽因当作珍宝，捧在掌心里。他们曾有过一段奔波逃难的岁月，林徽因不幸感染上肺病。梁思成义不容辞地担任起私人医生的角色，亲自为林徽因打针、消毒、煎药，照顾得无微不至。

林徽因的病情一度非常严重，整日整夜地咳嗽。当时他们正在李庄避难，连水电都没有。梁思成便每天自己动手生炉子，来给林徽因取暖。

因为患病，林徽因对饮食有些挑剔。纵然当时的条件已经异常艰苦，梁思成还是想方设法满足林徽因的口味。就是在那时，他练就了一手的好厨艺。

林徽因仿佛是天生的女神，都说婚姻是爱情的坟墓，她却在婚姻中活出了女人最高的姿态。这绝不仅仅因为林徽因的美丽，更因为她把婚姻当作一门艺术，懂得用心去经营，更懂得在恰当的时候，展现自己的魅力。

在昆明寄居时，林徽因和梁思成也曾为柴米油盐耗费心神。因为战乱，梁思成用于测量的皮尺丢失了。那是当时非常难得的物品，梁思诚为此懊恼了许久。林徽因瞒着梁思成，在黑市花二十三法币的高价买了一条送给他，而她当时每个月的收入不过才四十法币而已。

有人说，林徽因对梁思成并非真爱，可这个暖心之举，便是林徽因深爱梁思成最好的证明。

学成归来之后，林徽因和梁思成同时受聘于东北大学建筑系，后来又被聘为清华大学建筑系一级教授。

回到清华园之后，林徽因的身体越发不好。虽然她得的肺病是会传染的，但梁思成毫不介意，依然带着子女和她同桌吃饭。即使后来染上肺结核，他也从没有抱怨过。

有人不懂，在众多爱慕她的才子当中，林徽因为何选中了梁思成。这便是林徽因智慧与理性的体现。

在梁思成面前，林徽因真的活成了女神。梁思成曾用一周时间亲手为林徽因制作了一面仿古铜镜，从雕刻、铸模到翻砂，每一道工序都饱含着他满满的诚意。并且，他还专门在镜子背面写道："林徽因自鉴之用民国十七年元旦思成自镌并铸喻其晶莹不珏也。"

二十多年的婚姻生活后，林徽因依然是梁思成心中的瑰宝。他曾说过："做她的丈夫很不容易。中国有句俗话：'文章是自己的好，老婆是人家的好。'可是对我来说，老婆是自己的好，文章是老婆的好。我不否认和林徽因在一起很累，因为她的思想太活跃，必须和她同样反应敏捷才行，不然就跟不上她。"

梁思成的确大半生都在追逐林徽因的脚步，因为林徽因是那样一个鲜活的个体。她的头衔是"建筑学家""作家""诗人""教师"，而不是"梁思成的夫人"。

她设计的"白山黑水"图案，成为东北大学的校徽；她还曾和梁思成一起，前往河南洛阳龙门石窟等地，走过全国十五个省、二百多个县，辗转奔波，只为考古研究；她还设计了八宝山革命公墓建筑格局。为了保护北京古牌楼，她甚至还曾指着当时北京市副市长吴晗的鼻子痛斥："你们真把古董给拆了，将来要后悔的！即使再把它恢复起来，充其量也只是假古董！"

最值得一提的，是林徽因那著名的"太太的客厅"。当时在她和梁思成的家里，大概每个周末举办一次文化沙龙。当时的文人名流云集于此,其中包括胡适、沈从文、梁实秋等人,都是"太太的客厅"的常客。在这群畅谈文学艺术、中外诗歌散文的知识分子中,林徽因依然是最富魅力的一个。她如同繁星映衬下的月亮,浑身散发着迷人的光芒。

情与爱，唯有聪明的女子才能区分

林徽因的与众不同之处，还在于她的坦诚。就连有人闯入她和梁思成的婚姻，她依然能做到不隐瞒，给予梁思成和另一个人足够的公平。

同样对林徽因心生好感的，是金岳霖。他是著名的哲学家，毕业于清华大学，又曾游学美国及欧洲诸国。回国之后，金岳霖在清华和北大执教，因为西方文化的影响，他总是西装革履，一派绅士风度。

遇到金岳霖时，林徽因已经是一名二十八岁的成熟女性。少女的稚气已经从她脸上褪去，取而代之的是一名成熟女子的优雅韵味。

有人说，金岳霖的内心是孤独的，否则，他不会那样酷爱养斗鸡，甚至对斗鸡啄食他盘中的食物也毫不介意，仿佛只要有鸡的陪伴，他便不会太孤独。林徽因的出现，是对金岳霖内心孤寂最好的慰藉。

在林徽因心中，对金岳霖也是不乏崇拜与欣赏的。于是，她向梁思成坦诚："思成，我同时爱上了两个人，不知道该怎样办才好。"

出人意料的是，梁思成竟也那样冷静。他不是不难过，却也不愿因此伤害多年的夫妻情分。他辗转反侧了一夜，第二天，将林徽因的双手捧在掌心，平静地说："你是自由的，如果你选择了老金，我祝你们永远幸福。"

在梁思成的心中，林徽因依然是第一位的。为了林徽因的幸福，他甚至愿意把自己这个丈夫的位置拱手让人。他的爱与大度，深深地感动了林徽因。她原封不动地将梁思成的话转述给金岳霖，金岳霖的话语中同样难掩对梁思成的钦佩："看来梁思成是爱你的，我不能去伤害一个真正爱你的人，我还是退出吧。"

从此，金岳霖成为梁思成和林徽因永远的邻居。在最艰难的岁月里，他们共患难，给彼此温情。并且，金岳霖终身未娶。人们无法理解，这样一个优秀的男人，为什么偏偏对林徽因一人痴心。唯有金岳霖自己明白，自己的目光早已被林徽因身上的魅力锁定，无法转移。

林徽因去世之后的某一年，金岳霖突然把林徽因生前的好友约到北京饭店。人人都很纳闷：老金为什么突然请客？在饭店里，已经满头白发的金岳霖，脸上一副遇到喜事的表情。他站在众人面前，满脸笑容，竖起一根手指，比画着说："今天是徽因的生日。"众人惊讶不已，许久才回过神来，紧接着便是一阵热烈的掌声。

他们以同样的理性，克制着自己的感情。因为理性，林徽因的人生才活得那样淡定从容，不曾陷在爱情中乱了方寸；因为感性，她才任由爱情在心底生长，使她成为一位诗人。

无论何时何地，林徽因都是最与众不同的。因为得了很严重的肺病,她必须经常卧床休息。即便如此,她依然穿着一身骑马装,丝毫不允许自己像一个病人。她说起话来还是那样健谈,谈话的内容却并不是家长里短,而是有学识、有见地、犀利敏捷的批评。

对于艺术、文学、建筑,甚至人生,林徽因都有超越常人的悟性。虽生在一个才女辈出的年代,却并没让别人掩盖住她的光芒。正如有人评价的那样,她就是一个不食人间烟火的女神,行走于红尘之中,却向来与世无争,淡定从容。

陆小曼

一生不羁是对流言最好的辩白

陆小曼终究还是勇敢的,一段不被看好的爱情,她坚持了一辈子。无论是前半生的流连社交场,还是后半生的闭门清净,她的一生,做了太多寻常人无法认同的"勇敢事",痛痛快快地做了一回自己,无须向任何人解释。

富养的女儿，一颦一笑皆是风景

俗话说："儿子要穷养，女儿要富养。"陆小曼便是这样一个按照"富养女儿"的标准培养出来的闺秀。

陆小曼是幸运的，她一出生就拥有被"富养"的资格。陆小曼的父亲陆定，是晚清举人，曾在日本早稻田大学读书，还是日本内阁首相伊藤博文的得意弟子。后来担任国民党高官，担任过财政部司长和赋税司长，并且是中华储蓄银行的主要创办人。

陆小曼的母亲吴曼华，同样是名门之后，出身江南大家，诗文绘画无一不精。陆小曼的名字，便是源自母亲的名字。

像陆小曼这样含着金汤匙出生的女孩子，天生就不需要吃苦，甚至不需要懂得何为吃苦。她出生的那天，是农历九月十九，传说那天是观音菩萨的生日，陆家为此欣喜不已，戏称她为"小观音"。

从小，陆小曼便生得眉清目秀，仿佛真的是观音菩萨身边的玉女。再加上她是吴曼华九个孩子中唯一活下来的，又活得那样娇弱，惹人怜爱，于是，父母对陆小曼唯一的期望，就是她能健康长大。

只要是陆小曼想要的东西、想做的事情，无一不被允准。只要她说一句"我要"，就从没遭到拒绝，绝对是个在蜜罐中长大的孩子。

她天性活泼聪慧，在母亲的影响下，自幼便多才多艺。在陆定和吴曼华心中，陆小曼就是个天赐的宝贝。所谓"富养"，不仅要让女儿享受最好的生活，更要给她最好的教育。

于是，九岁那一年，陆小曼被送进北京女中，之后进入法国人开办的圣心学堂。这所贵族学校与陆小曼的身份十分般配。据说，当时北京军政界部长的千金小姐们，都在这里就读。

即便如此，母亲还是不满足，不愿浪费了女儿的才华。她又为陆小曼聘请了一位英国女教师，教授她英文。

在父母的精心栽培下，集美貌和才华于一身的陆小曼成长为"旧北京一道不可不看的风景"。十六七岁时，她便精通英、法两国语言，弹得一手好钢琴，还精通油画。在学校里，大家称她为"皇后"，陆小曼也欣然享受着大家对她的羡慕与宠爱。

十八岁那一年，陆小曼在北京社交界崭露头角。父母的宠爱给了她极大自信，在所有人面前，她都是一副热情大方、彬彬有礼的样子。每一个与陆小曼打过交道的人，都无法忘记她那明艳的笑容、柔美的声音。她轻盈的步态，让无数男子为之倾倒。

更可贵的是，在与外国人打交道时，陆小曼处处维护着祖国的尊严。一次，陆小曼陪外宾观看国粹文艺表演。那场表演的水准的确有些欠缺，有些外国人轻蔑地说："这么糟糕的东西，怎么可以搬上舞台？"为了维护国家尊严，陆小曼立刻答道："就像不是所有人懂得欣赏法国的歌剧一样，这些都是我们国家有特色的节目，只是你们看不懂而已。"被陆小曼煞了威风的外国人无言以对，只能耸肩了事。

冰雪聪明的陆小曼，在北京的上流社交圈步履从容，游刃有余。她的名气势不可当，没过多久，京城中无人不知这位社交名媛新秀。后来成为外交部部长的顾维钧对陆小曼十分欣赏，曾经当着陆定的面对别人说："陆定的面孔，一点也不聪明，可是他女儿陆小曼小姐却那样漂亮、聪明。"

上海的唐瑛、北京的陆小曼，两个社交界的佼佼者，在当时被人并称"南唐北陆"。陆小曼尽情享受着世人羡慕的目光，那时的她，仿佛拥有了一切：穿不完的华服，舒适的豪宅，令人艳羡的美貌，达官显贵朋友，以及世人的追捧。这一切对她来说，毫不费力便可得到，仿佛一生下来就站在世界的中央，理所当然如众星捧月一般。

可是，陆小曼总觉得人生中还少了些什么。

十八九岁的女孩子，对爱情已经有了懵懂的憧憬。在陆小曼的生命中，唯独缺少的便是爱情。

其实，围绕在陆小曼身边的男人不少，清一色的豪门公子、达官贵人，可她一个也看不上。唐在礼夫妇推荐了一个人选——年轻的陆军少将王赓。他毕业于清华大学，毕业后被保送去美国，先后在密西根大学、哥伦比亚大学和普林斯顿大学就读，之后又转入西点军校攻读军事，以优异的成绩毕业，与美国名将艾森豪威尔是同学。

此时的王赓，年仅二十六岁，外表俊朗，陆小曼一见便为之倾心。从相识到结婚，两人只用了短短一个月时间，十九岁的陆小曼，便这样懵懵懂懂成为王赓的妻子。

这是陆小曼千挑万选的如意郎君，他们的结合，在当时的上流社会引起了不小的轰动。可以想象，绅士与淑女该拥有怎样一场豪华的婚礼，光是陆小曼的伴娘就有九位，并且个个都是当时上流社会的风云人物：曹汝霖的女儿、张宗祥的女儿、叶恭绰的女儿、赵椿年的女儿、孙宝琦的女儿，还有几位英国小姐。

他们的婚礼地点选在"海军联欢社"，中外来宾几乎挤破了那里的大门。这正是一场陆小曼想要的风光婚礼，可她并不知道，婚后的生活是否如意与婚礼的风光全然无关。

果然，结婚不到半年，陆小曼的婚姻就出现了问题。作为王赓的妻子，她的确成了名流太太，出门有人前呼后拥，豪车相随，身上都是华丽的绫罗与珠宝。这几乎是令所有女人都艳羡的生活，但陆小曼并不知足，她不仅想要很多很多的金钱，同样想要很多很多的浪漫和爱情。而后者，显然是军人出身的王赓给不了的。

妻子绝不是丈夫的点缀品，而是知音

王赓的不解风情，让陆小曼将这段婚姻定义为"无爱的婚姻"。在王赓身边，她感受不到曾经的无拘无束。一次，唐瑛请陆小曼吃饭，王赓特意叮嘱她"只能吃饭，不能跳舞"。

有人开玩笑："我们总以为受庆（王赓的字）怕小曼，谁知小曼这样怕他，不敢单独跟我们走。"

正巧王赓从外面返回，看到陆小曼正被人拉上车，便生气地大声责骂陆小曼："你是不是人？说定了话不算数。"

平日里风光无限的陆小曼，哪里承受得了这样被当众伤脸面的羞辱？从此，她与王赓之间出现了一道看不见的裂痕，并且越发不可收拾。

就在此时，徐志摩的出现，恰到好处地填补了陆小曼内心的空虚。原本，徐志摩是追随林徽因回国的，却遭到林徽因的婉拒。可以说，陆小曼走入徐志摩生命的时间，同样是刚刚好。

在徐志摩看来，是命运将陆小曼送到他的面前。当热情的火遇上温柔的棉,注定要燃烧出爱情的烈焰。

天真的王赓,竟然很乐意有人代替他陪伴妻子。每当没空参加应酬,王赓总是对陆小曼说:"我没空,叫志摩陪你玩吧。"

浪漫的诗人最懂得如何投其所好,徐志摩带陆小曼去一切她想去的地方,做一切她想做的事情,再用诗歌作为情话,一步步俘获她的芳心。当王赓终于意识到妻子的心另有所属的时候,纵然他愤怒地扬言要杀了徐志摩,却最终还是表现出军人的大度。他平静地对陆小曼说:"我想了很久,如果你认为和我在一起生活已经没有乐趣可言,只有和徐志摩在一起才能得到幸福的话,我愿意离婚。"

就在离婚之际,陆小曼发现自己怀了王赓的孩子。这个孩子来得不合时宜,陆小曼决定将其"送走"。她在一个德国医生的诊所里接受了堕胎手术,而这场失败的手术,也让她永远失去了做母亲的能力。或许,这便是上天对她任性妄为的惩罚。

她成为不被徐志摩父母认可的儿媳,在这对老人心目中,唯一的儿媳就是徐志摩的原配夫人张幼仪。徐志摩第一次带陆小曼回家乡后,两位老人立刻给张幼仪写信"控诉"陆小曼的不懂道理。他们说:"吃晚饭的时候,她才吃半碗饭,就可怜兮兮地说:'志摩,帮我把这碗饭吃完吧。'那饭还是凉的,志摩吃了说不定会生病呢。"他们还说,"吃完饭,我们正准备上楼休息的时候,陆小曼转过身子又可怜兮兮地说:'志摩,抱我上楼。'"

这注定是一段不被认可的婚姻,虽然他们将婚礼定在七月初七,一个浪漫的日子,却还是遭受了梁启超那段"义正词严"的婚礼证词的训斥:"徐志摩,你这个人性情浮躁,以至于学无所成。做学问不成,做人更是失败,你离婚再娶就是用情不专的证明!陆小曼,你和徐志摩都是过来人,我希望从今以后你能恪遵妇道,检讨自己的个性和行为……总之,我希望这是你们两人最后一次结婚,这就是我的祝福。"

他们都是被宠坏了的人,都把婚姻想象得太过浪漫,却不知真正的生活是由柴米油盐和人间烟火气构成的。

徐志摩的父母一气之下决定和张幼仪一起生活,陆小曼反而觉得,二人世界如同天国乐园般快乐自由。短暂的幸福过后,陆小曼和徐志摩真实的个性渐渐显露。陆小曼爱好热闹,喜欢交际,提出搬去上海居住。那里的灯红酒绿,让陆小曼找到了归属感。她重新拥有了名媛的身份,再加上是著名诗人徐志摩的太太,更是出尽了风头。

陆小曼每天只沉浸于跳舞、打牌、听戏之中。徐志摩的父母因为对陆小曼极度不满,停止了对徐志摩的经济资助。于是,徐志摩不得不同时在光华、东吴、大夏三所大学授课,并赶写诗文赚取稿费,才能勉强应对陆小曼的挥霍无度。

纵然是浪漫的诗人,徐志摩也希望婚后有爱妻操持自己的生活。可陆小曼是活在云端上的人物,哪里懂得持家的道理?就算懂得,她也不愿意让柴米油盐困住自己的脚步。

徐志摩曾经抱怨:"我家真算糊涂,我的衣服一共能有几件?你自己老爷的衣服,劳驾得照管一下。"陆小曼却毫不示弱:"上海房子又小又乱,地方又下流,人又不可取,还有何可留恋呢?来去请便吧,浊地本留不得雅士,夫复何言!"

她生来便是骄傲的"公主",哪里知道如何做别人的妻子?看在陆小曼体弱的分上,徐志摩选择了隐忍,陆小曼却变本加厉。

当年的那场堕胎手术,让本就体弱多病的陆小曼又增添了许多妇科病,时常病痛不断,脾气也越发糟糕。在票戏的时候,陆小曼结识了生于官宦之家的翁瑞午。他相貌堂堂,才华过人,家财丰厚,从小跟着扬州名医学推拿,既懂医术,又懂艺术。徐志摩请他为陆小曼做推拿,没过多久,陆小曼的病痛果然减轻。借此机会,翁瑞午以男性朋友的身份住进了徐家,并且让陆小曼染上了鸦片瘾。

当时,某家小报匿名报道了陆小曼与翁瑞午的风流韵事。徐志摩只能忍着痛苦替陆小曼辩解:"夫妇的关系是爱,朋友的关系是情,罗襦半解,妙手摩挲,这是医病;芙蓉对枕,吐雾吞云,最多只能谈情,不能做爱。"

徐志摩在人前替陆小曼撑住面子,在人后又苦口婆心劝说陆小曼注意影响。可陆小曼对徐志摩的劝解充耳不闻,两人甚至闹到了一言不合就动手的地步。

为了挽回这段婚姻,徐志摩决定搬去北京,接受胡适的邀请去北京大学任教。他极力劝说陆小曼与他一同去北京,开始全新的生活。可陆小曼拒绝了,徐志摩虽无奈,却也只能北京、上海两地奔波。

沉默是最深的悔恨，亦是最好的救赎

1931年11月，回到上海的徐志摩见到的依然是沉迷于鸦片中的陆小曼。他劝说的语调带着痛心："小曼，我爱你，深深地爱你，所以我劝你把鸦片戒掉，这东西对你的身体有害……"徐志摩没有把话说完，因为陆小曼抓起身边的烟枪朝他扔过来，算是对他的回应。

徐志摩的眼镜被砸得粉碎，一同破碎的，还有他的心。于是，他拎起还没来得及打开的箱子离开了。第二天，他要乘坐中国航空公司"济南号"邮政飞机去北平。

在登机之前，徐志摩给陆小曼写了一封信，说徐州有大雾，他的头很疼，不想走了。然而，他还是登上了飞机，并再也没有等来陆小曼的回信。

因为大雾影响，徐志摩乘坐的飞机在济南触山爆炸，他的生命永远定格在三十四岁。二十八岁的陆小曼，失去了她的第二段婚姻，成了一名寡妇。

由于徐志摩父亲的阻止，陆小曼根本没有出席徐志摩葬礼的资格。她只能把自己的伤情写于文字中，在《哭摩》中，她写道："我一定做一个你一向希望我所能成的一种人，我决心做人，我决心做一点认真的事业……"

陆小曼的母亲说："小曼害死了志摩，也是志摩害死了小曼。"徐志摩死后，陆小曼的心仿佛也死了。她真的离开了浮华的社交场所，脱下了华服，身着素衣，供着亡夫的遗像，不理外界的流言和指责，将沉默作为对徐志摩的哀悼与忏悔。

她用了漫长的六年，才勉强走出徐志摩离世的伤痛。之后，她重新拿起画笔，潜心画画。她的身边，一直有翁瑞午的陪伴。没人能准确定义他们之间的关系，因为翁瑞午有妻室、有子女，只能把陆小曼当作情人，而陆小曼自从失去了徐志摩，似乎早已失去了爱一个人的能力，她与翁瑞午，只有亲情，没有感情。

翁瑞午一面负责妻子儿女的生活，一面又和陆小曼相濡以沫地过着日子。翁瑞午虽家底颇丰，但两人常年吸食鸦片，花费不菲，到最后不得不靠翁瑞午变卖家传字画度日。

很多朋友并不赞成陆小曼和翁瑞午的这种关系，胡适曾向陆小曼提出，只要她与翁瑞午断交，以后一切由他负全责。可陆小曼委婉地拒绝了，她说："瑞午虽贫困已极，但始终照顾得无微不至，廿多年了，吾何能把他逐走呢？"

半生繁华，半生素缟，是对陆小曼人生最好的总结。她的晚年，陷入贫病交加。1961年，翁瑞午去世，这个世界上，终于只剩下陆小曼孤身一人。

四年之后，陆小曼在上海华东医院病逝。她死前唯一的愿望，是与徐志摩合葬，可惜张幼仪的儿子不同意，只得作罢。

前半生，她爱得义无反顾；后半生，她终于学会了忍耐寂寞。拥有时，她不懂得珍惜；失去时，才明白失去的痛苦。徐志摩死后，陆小曼默默地忍受着外界对她的批评和指责，不再出去交际，用后半生的时间致力整理徐志摩的遗作，以此作为对最深爱的人的怀念。

她在致徐志摩的挽联中写道："多少前尘成噩梦，五载哀欢，匆匆永诀，天道复奚论，欲死未能因母老；万千别恨向谁言，一身愁病，渺渺离魂，人间应不久，遗文编就答君心。"

陆小曼终究还是勇敢的，一段不被看好的爱情，她坚持了一辈子。无论是前半生的流连社交场，还是后半生的闭门清净，她的一生，做了太多寻常人无法认同的"勇敢事"，痛痛快快地做了一回自己，无须向任何人解释。

张幼仪

离婚成就了最好的自己

无论任何事情,她要做就要做到最好。做别人的妻子如此,做事业上的女强人也是如此。

短短几年,张幼仪便在金融业如鱼得水,连续多年当选为银行的董事。当时银行的员工是这样回忆张幼仪的:"那年她四十岁左右,腰背笔挺,略显高大,神情端庄大方,有大家风范。她就在我们营业厅办公,准时上下班,除接电话外,很少说话,总是专心看文件。我经常要将报表和装订好的传票本请她盖章,有时听到她打电话时用德语。"

好女人偏遇上坏婚姻

"在中国,女人是一文不值的。她出生以后,得听父亲的话;结婚以后,得服从丈夫;守寡以后,又得顺着儿子。你瞧,女人就是不值钱。"这是《小脚与西服:张幼仪与徐志摩》中的一段话。当西方女人正在忙着证明自己存在的价值的时候,张幼仪却因为陷入那段著名的婚姻,从此与痛苦结缘。

张幼仪也是"好人家"的女儿,拥有显赫的家世。她的祖父曾在清朝担任知县;父亲是上海宝山县的一位医生,也是当地的巨富;二哥张君劢是政界风云人物,是《中华民国宪法》的主要起草人,被誉为"中华民国宪法之父";四哥张嘉璈是上海金融界的知名人物,二十五岁左右即担任中国银行上海分行副经理。

传统的封建家庭,家教甚严。张家的男子虽个个出色,女孩子却并没有受到太好的教育。在父母的观念里,女孩子嫁个好人家才是正道。若不是张幼仪苦苦争取,恐怕连出门读书的机会都没有。

十二岁那年,张幼仪在报纸上看到江苏省立第二女子师范学校在招生，只需要上三年学，学费低，每年只要五元钱，还包吃住，到了第四年就能以实习老师的身份教低年级的学生，毕业时还可以领到小学教师的资格证书。

为了抓住这个难得的机会，张幼仪苦苦哀求了母亲很久。母亲拒绝的理由很奇怪，当时女孩子读书要穿校服，母亲看到邻居家女孩子的校服是露出脖子的，认为这"不成体统"。后来得知张幼仪的学校不需要穿校服，母亲这才勉强答应。

如此传统的家教，让张幼仪顺理成章成长为一个贤惠、严肃、会照顾人、不会说"不"，但也绝不会讨丈夫喜欢的女人。

她接受过新式教育，同样也被灌输进传统的思想。在与徐志摩订婚时，母亲告诉她："女子，必须依靠男子才能活着。进了徐家的门，绝对不可以说不。"

张幼仪并没有见过不幸福的婚姻，她的父母思想虽传统，但感情十分和睦。母亲在父亲的羽翼下生活得十分滋润，几乎没受过什么苦。张幼仪在自己的世界里，从未见过第二段婚姻。于是，她理所当然地以为，简单平淡，就应该是婚姻原本的模样。

可是她错了，若她的丈夫甘于平淡，便会甘愿成为她的全部，那么他们或许可以活得幸福。可张幼仪的丈夫，偏偏是这世上最不甘平淡的人。在看到张幼仪照片的第一眼，他充满鄙夷地评价她是"乡下土包子"。他心目中的妻子，应该是有着新式思想和浪漫情怀的新女性。

为了嫁给徐志摩，张幼仪被迫中断了学业。直到晚年，她还对不曾接受过林徽因、陆小曼那样的教育耿耿于怀。

父母送给张幼仪那份丰厚的"思想嫁妆",在徐志摩眼中全部都是封建的腐朽。因为嫌弃封建思想,他自然而然地连她一起嫌弃。

十五岁那年,张幼仪"轰轰烈烈"地嫁入徐家,那丰厚的嫁妆惊动了整座县城。可是,她最想依靠的那个人,却给了她一个冰冷的新婚之夜。他不看她,也不对她微笑,甚至不和她说话。此后,他对她说的第一番话,竟然是"我要成为中国文明离婚第一人"。

她看他的眼神有些懵懂,在张幼仪的意识里,结婚了就是结婚了,是不可以离婚的。可是对徐志摩而言,结婚不过是完成父母交代的任务。

婚后不久,徐志摩便去上学。他们结婚三年,相处的时间加起来却不到四个月。在徐志摩眼中,张幼仪是空气一般的存在,他给予她最大的残忍,便是冷漠。

徐志摩很少回家,即便回家也绝不会与张幼仪产生任何交集。他可以和家里的仆人谈笑风生,当张幼仪走上前去想和他说几句话的时候,他的脸立刻拉得老长,一张脸冷若冰霜。只要张幼仪转身走开,他立刻恢复一副健谈的模样。

"无人与我立黄昏,无人问我粥可温……无人怜我悲与伤,无人分我乐与欢!"这首诗道尽了张幼仪婚后的心声。一段不该缔结的婚姻,会让一个女人堕入人间地狱。

没有灵魂的碰撞,只有传宗接代的使命。1918年,张幼仪生下一个儿子,取名徐积锴。于徐志摩来说,他并没有成为人父的喜悦,只有完成任务后的松一口气。徐家有了后代,他便终于可以过自己的潇洒人生。

徐志摩迫不及待地离家求学。1918年,他踏上了去往美国的轮船,先是进入克拉克大学历史系,学习社会学和经济学;之后又进入哥伦比亚大学,攻读政治;1921年,他来到英国康桥大学(今剑桥大学)。也就是在这里,他爱上了一个叫林徽因的女子。张幼仪的人生悲剧,从这里被推上了高潮。

与其做怨妇，不如成全自己

张幼仪曾说自己长得不够漂亮。可看她留下的照片，一双大大的眼睛，一副好看的脸型，五官虽算不上精致，却优雅大气。

有人以为，令徐志摩如此嫌弃，一定是张幼仪不够温柔。可据当时的文人描述："（张幼仪）线条甚美，雅爱淡妆，沉默寡言，举止端庄，秀外慧中。"他们心目中的张幼仪，不仅温柔贤惠，并且心地善良。她是传统女性，具备传统的美德，无论是个性还是人品，都非常人能及。

这样好的女人，为何偏偏被辜负？只因遇人不淑。

徐志摩出国之后，张幼仪独自承担起操持家务、教育孩子、孝顺老人的重任。她事事仔细，处处小心，无半点差池，在徐家二老心中，只有张幼仪是他们最认可的儿媳。

离开了家的徐志摩，如同一匹脱缰的野马，纵情寻找所谓的浪漫和自由。他的风流韵事，终于传到父母耳中。为了不让儿子在国外胡来，他们决定把张幼仪送去英国，看住徐志摩。

他们原本是好意，不愿让一对夫妻分隔两地。可正是这次好心的安排，加速了他们婚姻的毁灭。

张幼仪曾这样回忆徐志摩当时来接她的情形："我斜倚着尾甲板，不耐烦地等着上岸，然后看到徐志摩站在东张西望的人群里。就在这时候，我的心凉了一大截。他穿着一件瘦长的黑色毛大衣，脖子上围了条白丝巾。虽然我从没看过他穿西装的样子。可是我晓得那是他。他的态度我一眼就看得出来，不会搞错的，因为他是那堆接船的人当中唯一露出不想到那儿表情的人。"

夫妻重逢，徐志摩连嘘寒问暖都省却了，一个漫不经心的眼神，写满了他的嫌恶。

他们在沙士顿租了一栋房子，尴尬地生活在一起。张家寄来的生活费，大部分都被徐志摩挥霍掉了，张幼仪手里只有很少的一部分钱，精打细算地维持着两个人的生活。他们的家，不过是徐志摩吃饭、睡觉的地方。张幼仪不会英语，在她生活的空间里，唯一会说中文的人，偏偏是最不愿和她说话的人。

在这样压抑的生活里，张幼仪竟然再度怀孕了。当时的徐志摩正热烈地追求林徽因，得知妻子再度怀孕，他的第一反应竟然是黑着脸让她把孩子打掉。张幼仪有些委屈："我听说有人因为打胎而死掉。"徐志摩冷冰冰地回答："还有人因为坐火车死掉的呢，难道你看到人家不坐火车了吗？"

在别人面前，他是温润如玉的谦谦君子；在妻子张幼仪面前，他却化身最冷酷的暴君。

这似乎是张幼仪人生中第一次对丈夫说"不"。她执意要留下这个孩子，徐志摩给她的回答是："那就离婚。"

她还没来得及思考，徐志摩便一走了之，将还没有学会说英语的妻子一个人留在沙士顿。孤零零地待在异国他乡的土地，马上就要身无分文，产期即将临近，身边无人照顾……可以想象张幼仪当时是怎样的绝望。

张幼仪觉得自己不过是一把扇子，炎热堪用，秋天见弃。

人生陷入绝境之时，她能想到的只有自己的亲人。于是，张幼仪写信向二哥求救，在二哥的帮助下，她从沙士顿辗转法国巴黎，再到德国柏林，在万般悲苦中生下第二个孩子。

中国人喜欢说"姻缘"二字，共同走入一段婚姻，该是多大的缘分？可是有些婚姻却并非善缘，而是一场孽缘。张幼仪和徐志摩便是如此。

第二个孩子的出生，依然没能换来徐志摩的笑脸。于他来说，妻子和孩子，都是拖累他追求浪漫和爱情的包袱。还在医院里的张幼仪等来的不是丈夫的安慰，而是一纸离婚协议。那一刻，张幼仪多么希望母亲能在身边，让她亲口问一句："谁说依靠男人就能活下去？"

她以为，自己会愤怒得失去理智，然而当面对离婚协议的那一刻，她的内心却无比平静。她同意离婚，唯一的条件是先告知父母一声。徐志摩却急不可耐，仿佛离婚已经刻不容缓，他说："不行，不行，我没时间了，你一定要现在签字……林徽因要回国了，我非现在离婚不可。"

多么赤裸的理由，迫不及待让妻子在离婚协议上签字，只是为了另一个女人。张幼仪第一次用专注的眼神盯着徐志摩看了许久，看得他头皮发麻。她仿佛想要看看他的灵魂是什么做的，为何如此冰冷。

她最终还是毅然在离婚协议上签了字，并且平静地说："给你自由，去给自己找个更好的太太吧！"离婚协议上讲定的五千元赡养费，她一分也没要。要断，就与你断得彻底。即便离婚，也要离得有尊严。

过得幸福，是最有力的报复

纵然是弃妇，也要做个好母亲。这是张幼仪对自己的警告。

她和徐志摩的第二个孩子，名叫彼得，一个可爱的小男孩。为了给孩子最好的教育，她决定先从自己做起。张幼仪进入裴斯塔洛齐学院，专门攻读幼儿教育。在德国的三年，她一刻都未曾停止学习的脚步，自学了英语、德语，甚至还对商业管理产生了兴趣。

从一段不幸的婚姻中解脱出来，她活出了最昂扬的姿态。用张幼仪自己的话说："去德国前，我凡事都怕；去德国后，我一无所惧。"

上天或许是为了考验张幼仪的勇气，让一场生离死别兜头砸下。三岁的彼得因腹膜炎在柏林夭折，她拼尽全力想要做一个好母亲，残酷的命运却偏偏不给她这个机会。

她又变成了孤身一人，没有了儿子，异国便再无值得留恋之处。回国去吧，纵然那片土地有太多伤感，可那毕竟是故乡。

张幼仪回国时，徐志摩正处于舆论的风口浪尖。她并不为此庆幸，而是召集全家人，包括徐志摩的父母，严肃宣布："从今以后，大家都不许说徐志摩的坏话,只字不提!"这无关爱情,只是一个善良女人的宽容。

此后,她的世界豁然开朗。向来朴素惯了的人,突然有了打扮自己的欲望。原来没有哪个女人是不爱美的,只是她的思想被束缚了太久,只知道别人觉得她应该什么样,不知道自己究竟想变成什么样。

从一件旗袍开始,张幼仪引领了时尚。她决定开一家服装公司,专门为女性量身定制高档旗袍。李白有句诗叫"云想衣裳花想容",她的时装公司便叫"云裳时装"。

没有了婚姻,反而获得了新生。张幼仪把时装公司开在上海,这是她天生的商业眼光。当时的上海,刚刚兴起旗袍之风,在云裳公司之前,还从未有过量身定制旗袍的时装公司。一时间,上海、苏州、南京、无锡等城市的大街上,凡是时髦女子,身上都穿着"云裳时装"的衣服。据说蒋介石在上海大婚时,宋美龄用的也是"云裳时装"的服装。

不靠男人,也能活得很好,甚至活得更好。

开时装公司的同时,张幼仪还在东吴大学教德语。优秀的女人,能力掩藏不住。有人主动上门,聘请张幼仪出任上海女子商业银行总裁。她犹豫了很久,在四哥的支持下决定出任该银行的副总裁。

在金融业,她是彻底的外行,没有半分经验。但她有从零做起的心态,把自己当作一个学徒,一刻都不敢放松。她将自己的办公桌摆在银行大厅的最后面,从未有人这样做过,她执意如此,为的就是能将银行全景一览无余。

无论任何事情，她要做就要做到最好。做别人的妻子如此，做事业上的女强人也是如此。

短短几年，张幼仪便在金融业如鱼得水，连续多年当选为银行的董事。当时银行的员工是这样回忆张幼仪的："那年她四十岁左右，腰背笔挺，略显高大，神情端庄大方，有大家风范。她就在我们营业厅办公，准时上下班，除接电话外，很少说话，总是专心看文件。我经常要将报表和装订好的传票本请她盖章，有时听到她打电话时用德语。"

日军占领上海时，大批储户来银行提钱，导致现金短缺。女子银行的现金只剩下四千元的时候，刚好一位储户来提款四千元。一旦提走，银行的资金链必将断裂，有倒闭的危险。为了保住银行，张幼仪写了一张契约，与这位储户约定六个月后连本带利偿还，并且承诺会时刻将这张契约带在身上，即便她死了，家人或公司的人见到这张契约，也一定会偿还。

她用人格担保，打动了客人，也保住了银行。战争期间，张幼仪管理的银行岿然屹立，直到三十一年后金融业公私合营才宣告结束。

凭借智慧与胆识，张幼仪从一个外行人成为中国第一位女银行家，被誉为金融界传奇女强人。

整整三十年，她忙着重新建立自己的人生，爱情，被她轻轻关在了门外。

直到1953年，张幼仪才重新打开尘封的心门，一位名叫苏纪之的医生，住进了她的心里。他温文儒雅，愿意倾听她的心声。从一开始，她需要的便是这样一个男人。

只不过，这一次，她要征求儿子的同意。她在信中写道："儿在美国，我在香港，晨昏谁奉，母拟出嫁，儿意如何？"

儿子的回信感人肺腑："母孀居守节，逾三十年，生我抚我，鞠我育我，劬劳之恩，昊天罔极。今幸粗有树立，且能自赡。诸孙长成，全出母训……去日苦多，来日苦少，综母生平，殊少欢愉。母职已尽，母心宜慰，谁慰母氏？谁伴母氏？母如得人，儿请父事。"

与当年那场盛大的婚礼相比，张幼仪和苏纪之的婚礼简单至极，却让她感到温暖和幸福。苏纪之给了张幼仪二十年的幸福生活，直到苏纪之去世之后，张幼仪才去往美国和儿子团聚。

1988年，八十八岁的张幼仪在纽约逝世。她的墓碑上赫然刻着四个字——"苏张幼仪"。这才是婚姻应有的模样：你给我幸福的余生，我的名字冠你之姓。

张爱玲

爱就是不问值不值得

晚年的张爱玲，似乎对整个世界都充满着坚硬的距离感，又似乎把自己当成了全世界。她不喜欢有人打扰，如果有人贸然敲门，她便从门缝里塞出字条，写着："张爱玲小姐不在家。"她曾写道："在没有人与人交接的场合，我充满了生命的欢悦。"

若不想被人拒绝,最好的方式就是拒绝别人

世人皆知张爱玲的高冷,她遗世独立,最厌烦有人打扰她的生活。就连写起情话,都极为分明,你是你,我是我,甜蜜中又带着些许生分。

张爱玲的一生拒绝了太多人,太多事。然而,她却并非天生冷漠,而是因为曾遭受过太多拒绝,索性用拒绝别人来保护自己。她的才华,让她对生活理解得那样深刻。可她笔下的人物越是深刻,越能让人感受到她生命中的悲凉。

或许,此生对张爱玲伤害最深的,并非辜负了她的胡兰成,而是将她远远拒之门外的幸福和亲情。

张爱玲的父亲张志沂,出身名门,是典型的纨绔子弟,骨子里透出深宅大院里养出的陋习。张家的家业传到他这一代,几乎全被他败在吃喝嫖赌和讨姨太太上。张爱玲的母亲黄逸梵,同样出身煊赫门庭,祖父是深受李鸿章倚重的副手。这样一对"天作之合",却是貌合神离、同床异梦。

黄逸梵骨子里是一位独立女性，她渴望拥有一位志同道合的伴侣，并不想要一个只会抽大烟和眠花宿柳的丈夫，而张志沂，则只想要一个逆来顺受，可以忍气吞声的妻子。两个不肯为彼此妥协的人，注定没有安宁日子可过。

终于，在张爱玲四岁那一年，黄逸梵借着为小姑子当监护人的机会，陪小姑子一起出国留学。那时的张爱玲，还不懂得什么叫"离别"，在她的记忆中，母亲出国之前"不理我，只是哭"。

自从母亲离开这个支离破碎的家，张爱玲也正式与家庭的温暖和母爱分离。

没有了妻子的干扰，张志沂变本加厉地吸食鸦片、嫖妓，和姨太太打架，最终把自己搞得声名狼藉，连官职都丢了。张爱玲八岁那年，终于盼回了日思夜想的母亲。可是，她盼来的并不是母亲的舐犊情深，而是母亲和父亲的一纸离婚协议。

很快，张志沂给张爱玲找了继母——同样出身显赫世家的孙用蕃。当一个正值叛逆年龄的少女，遇上一个身份尴尬的继母，可以想象，那个家里将会弥漫着怎样浓烈的硝烟。

在张爱玲的记忆中，自己和孙用蕃相处得极不愉快。她曾在小说里控诉："当时捡继母剩下的衣服穿，永远不能忘记一件暗红的薄棉袄，碎牛肉的颜色，穿不完地穿着，就像浑身都生了冻疮，那样的憎恶与羞耻。"多年以后，这些小事依然弥漫在张爱玲的心头，幻化成文字，记录着她不能释怀的心酸。

然而，孙用蕃并不是刻薄之人。她或许有些脾气不好，但嫁到张家的最初，她是希望向张爱玲示好的。送给张爱玲的那箱旧衣服，也大多是绸缎锦绣。可是这样的举动在内心敏感的张爱玲看来，反而是一种羞辱与示威。

或许是因为母亲的"抛弃"，张爱玲害怕与亲情走得太近。因为她知道失去的痛，为了不再受伤，她选择主动拒绝别人。于是，后母孙用蕃送给她的那箱旧衣服，成为她童年最厌恶之物。

这个无论如何也无法讨好的继女，让孙用蕃感受到无比的挫败。一次，气急了的孙用蕃打了张爱玲一巴掌，而这一巴掌，打断了张爱玲对这个家最后一点感情，让她从这个家里逃了出去。

她渴望从亲生母亲那里得到安慰，于是将母亲的家当成自己的避风港。然而，那时的母亲却早已不复当初的柔和。当时黄逸梵给了张爱玲两个选择：一是拿着一小笔钱去读书，二是嫁人。

张爱玲选择了第一条路，于是黄逸梵以每小时五美元的报酬替张爱玲聘请了家教，并且教她练习走路的姿势，看人的眼色，照镜子研究面部神态。黄逸梵希望女儿能像她一般优雅，成为一代名媛。这样的母爱，多少带着一些"投资"的意味。

可惜，已经拒绝对任何人打开心门的张爱玲，终究不是做名媛的料。于是，黄逸梵异常愤怒，对张爱玲吼道："我懊悔从前小心看护你的伤寒症，我宁愿看你死，不愿看你活着使你自己处处受苦。"

一番恨铁不成钢的刻薄言语，被张爱玲看作母亲对她最怨毒的诅咒。在母亲面前，她是卑微的。或许就是从那时起，在她爱的人面前，她都会卑微到尘埃里。

张爱玲和母亲之间是陌生的。她曾在《私语》中回忆:"最初的家里面,没有我母亲这个人,也不感到任何缺陷。"黄逸梵对女儿很冷淡,从来没有肌肤之爱。过马路时,张爱玲偶尔碰到母亲的手,都会感到一种"陌生的刺激"。

战争爆发之后,上海物价飞涨,黄逸梵的生活也不再像从前那般宽裕。张爱玲每个月向母亲伸手讨要生活费,母亲的脾气越来越暴躁,总是用阴阳怪气的语调说着尖酸的话。纵然感到羞辱,张爱玲也只能忍耐。

她永远忘不了向母亲要钱的难堪,考入香港大学之后,她拼命读书,拼命赚钱,赚到钱后就还给母亲。金钱竟然可以还得清这份母女情分,张爱玲也第一次认识到,任何感情都是可以被耗尽的,也终于懂得,想要不再被拒绝,就要先拒绝别人。

于是,当胡兰成第一次走入张爱玲的生活,她依然是拒绝的。

卑微到没有底线，换不来爱情

他们原本不是一个世界的人。

张爱玲是没落贵族，胡兰成是一介穷人；张爱玲傲然冷漠，胡兰成市侩精明；张爱玲是未尝爱情滋味的少女；胡兰成是结过三次婚的有妇之夫。

唯一的共同点，是他们都爱好文学。

初识张爱玲时，胡兰成已经在汪伪政府任职。人到中年，日子也终于不再似从前那样潦倒。一日闲来无事，胡兰成躺在藤椅上随意翻阅苏青寄来的《天地》杂志，一眼便看到了张爱玲的《封锁》。

胡兰成仔细地阅读了一遍又一遍，为作者的才情所倾倒。他立刻写信给苏青，对张爱玲的小说大加赞赏之余，提出想要认识这位作者。从苏青的回复中，胡兰成得知这位作者是女性，且文学天分极高，于是更加好奇。

很快，苏青给胡兰成寄来又一期的《天地》杂志，张爱玲的文章和照片赫然刊登其中。自此，胡兰成铁了心要见张爱玲。他恳请苏青安排自己以读者的身份拜访张爱玲。苏青与张爱玲是朋友,她了解张爱玲的个性,知道她不喜欢有人登门打扰。

可苏青终究还是把张爱玲的地址给了他,只因他的一句话:"我只觉得世上但凡有一句话,一件事,是关于张爱玲的,皆成为好。"

胡兰成兴致勃勃地按响了张爱玲家的门铃,张爱玲却连门都没有开。她的心还是封闭的,拒绝一切生客。胡兰成并不死心,把自己拜访的原因以及家庭住址、电话号码写在一张字条上,唯独隐瞒了自己有妇之夫的身份,又附上一句"乞求爱玲小姐方便的时候可以见一面",之后把字条塞进门缝。

不知为何,张爱玲心动了。第二天,她给胡兰成打去电话,说要去看他。

张爱玲的个子比胡兰成高,与胡兰成"所想的完全不对"。不过,她的脸稚气未脱,仿佛一个女学生模样,让胡兰成又找回些许男人的尊严。不知胡兰成用了怎样的口才打动了张爱玲紧闭的心门,此后,一来二去,张爱玲把一颗心全然交付与他。

可是,只要细想,张爱玲便顿感一阵凄凉。毕竟他已是人夫,终究不是属于自己的那一个。于是,她叫他不要再去看她,阅女无数的胡兰成怎么可能就此放弃?她不让他去,他索性天天去。涉世未深的张爱玲,终究还是陷入他的温柔乡。

这份莫名的爱,让张爱玲甘愿卑微。她送给他一张照片,在背面写道:"见了他,她变得很低很低。低到尘埃里,然而心里是欢喜的,从尘埃里开出花来。"她在信里对他说:"我想过,你将来就只是我这里来来去去亦可以。"如此委曲求全，几乎让人忘记张爱玲原本的样子。纵然卑微，她也要爱得彻底。

张爱玲的委曲求全，令胡兰成顿感得意。他曾说："我已有妻室，她并不在意。再或我有许多女友，乃至挟妓游玩，她亦不会吃醋。她倒是愿意世上的女子都欢喜我……"

这便是胡兰成，风流成性，自大自狂。当时张爱玲与姑姑同住，一次胡兰成夜宿张爱玲房间，直到凌晨。离开之前，张爱玲叮嘱他脚步轻一些，不要让姑姑听到。可胡兰成故意走出哪哪的响动，他是在宣扬自己的得意。

不仅如此，胡兰成还故意把自己和张爱玲的关系透露给她姑姑，甚至拿着张爱玲珠光宝气的照片去和军阀朋友显摆，四处炫耀张爱玲显赫的家世，仿佛是在向天下人宣告，无论哪一方面，自己都是个胜利者。

即便如此，张爱玲依然认定胡兰成不是故意的。因为爱得彻底，他的不堪也会幻化成美好。

据说，自从与张爱玲在一起，胡兰成便开始对第三任妻子应英娣使用冷暴力，冷落她、讥讽她，嫌她矮、嫌她丑。胡兰成甚至对朋友说，他就是要精神虐待应英娣。

一次吵架，胡兰成对应英娣大打出手，鼻梁险些被打歪的应英娣终于同意离婚。胡兰成漠然地对应英娣说："已去之事不可留，已逝之情不可恋，能留能恋，就没有今天。"

他终究还是娶了张爱玲，也最终把这份冷漠原封不动地施加在张爱玲身上。

他们的婚书上写道:"胡兰成张爱玲签订终身,结为夫妇,愿使岁月静好,现世安稳。"前半段是张爱玲撰的,后半段是胡兰成写的。从此,二十三岁的张爱玲,成为三十八岁的胡兰成的妻,他们这场简单至极的婚礼,仿佛预示着这段婚姻脆弱得不堪一击。

不安定的婚姻,偏赶上动荡的时局。胡兰成逃难到武汉时,爱上了汉阳医院十七岁的护士周训德。少不更事的周训德,想要成为胡兰成的妻。可当时的张爱玲,写作事业正如日中天,胡兰成怎么舍得?

不可思议的是,回到上海之后,胡兰成把自己和周训德的风流韵事向张爱玲和盘托出。没有哪个女人知道丈夫出轨会不难过,可是在胡兰成看来,却是张爱玲不够大度。只不过,周训德带来的新鲜感,很快便有人取代。

流亡到杭州时,胡兰成住在同学斯颂德家,又勾搭上斯颂德父亲的姨太太范秀美。范秀美比胡兰成大一岁,胡兰成自己也承认:"我在忧患惊险中,与秀美结为夫妻,不是没有利用之意,要利用人,可见我不老实。"

那一年的2月,张爱玲冒着战火,千里迢迢,辗转来乡下看望胡兰成。她曾写道:"我从诸暨丽水来,路上想着这里是你走过的。及在船上望得见温州城了,想你就在那里,这温州城就像含有宝珠在放光……"

她那样热烈而来,却被兜头泼了一盆冷水。

见到张爱玲的那一刻,胡兰成没有欣喜,没有感激,只有"一惊"。他让张爱玲住进旅馆，白天，他去看张爱玲，晚上却陪范秀美。聪明如她，怎能猜不透胡兰成的伎俩，她要胡兰成作出选择，他却无论如何不肯。

张爱玲问："你与我结婚时，婚帖上写现世安稳，你不给我安稳？"第二天，她冒雨乘船离开。几天后，写来一封信："那天船将开时，你回岸上去了，我一人雨中撑伞在船舷边，对着滔滔黄浪，伫立涕泣久之。"

活得通透了，自己就是全世界

一生孤傲的张爱玲，几乎很少落泪。她的眼泪，大多是为胡兰成而流。

纵然决意离开，她还是寄来一大笔钱，作为胡兰成逃难的费用。然而，回到上海的胡兰成，竟然把自己写的《武汉记》拿给张爱玲看。里面满满都是与周训德有关的文字，张爱玲如何看得下去？因为她不肯看，胡兰成竟对她大打出手。

一夜未眠，张爱玲在细数自己卑微到尘埃里的爱情。这一次，她不容许自己再沉沦下去，因为她已看穿了胡兰成的本性。

胡兰成去温州后，张爱玲随即寄去一纸诀别书："我已经不喜欢你了。你是早已不喜欢我了的。这次的决心，我是经过一年半的长时间考虑的，彼时惟以小吉故，不欲增加你的困难。你不要来寻我，即或写信来，我亦是不看的了。"

随同诀别书，张爱玲附上三十万元，那是《新不了情》和《太太万岁》的全部稿费，也是她能给予胡兰成最后的柔情。

胡兰成写信给张爱玲的好友炎樱，希望她能从中斡旋，替他挽回这段感情。但炎樱并没有理他，因为她知道，以张爱玲这般强硬的个性，根本不可能再回头。纵然她依然爱他如初，但自尊和骄傲告诉她，不能容许自己再卑微入尘埃。

离开了胡兰成，张爱玲的人生并未凋零。二十六岁那年，她遇见了三十岁的桑弧，并接受桑弧的邀请为文化公司创作电影剧本。从此，两人多次合作，产生了感情。张爱玲甚至用"初恋"来评价自己和桑弧的恋情。

可惜，这段感情没有圆满的结局。有人说，是因为桑弧的父母反对；也有人说，是因为张爱玲太过理性。总之，桑弧娶了别人，张爱玲则只身前往香港，与桑弧再未谋面。

1955年，张爱玲离开香港去往美国，在那里遇到了编剧赖雅，也就是她的第二任丈夫。

赖雅比张爱玲年长三十岁，只算得上一个三流编剧，张爱玲嫁给他时，他已经六十五岁，且贫病交加。很多人替张爱玲感到惋惜，不知她能从赖雅身上获得什么。或许，张爱玲一生都在寻找一份遗失的父爱，从亲生父亲身上无法得到，便从大自己很多岁的伴侣身上去寻找。对胡兰成是如此，对赖雅亦是如此。

晚年的张爱玲，似乎对整个世界都充满着坚硬的距离感，又似乎把自己当成了全世界。她不喜欢有人打扰，如果有人贸然敲门，她便从门缝里塞出字条，写着："张爱玲小姐不在家。"她曾写道："在没有人与人交接的场合，我充满了生命的欢悦。"

洛杉矶是张爱玲晚年独居之地,她的生活极其简单:一个烧饼能吃两天,除此之外,几乎只吃鸡蛋、喝牛奶。她活得孤独,却也享受着孤独。她说:"我们自己的影子——我们只看见自己的脸,苍白,渺小,我们的自私与空虚,我们恬不知耻的愚蠢——谁都像我们一样,然而我们每个人都是孤独的。"

她还说:"我们都是寂寞惯了的人。"人一旦活得通透,自己便可以是全世界。只是活在自己世界里的张爱玲,寂寞得让人心疼。

七十四岁那一年,张爱玲在洛杉矶的寓所逝世,一周之后,人们才发现她的遗体。她的一只手向前探着,不知那令她遥不可及的,究竟是童年便已失去的亲情,还是那终究未曾真正光临的爱情。

阮玲玉

爱错了人,究竟有多可悲

她曾像自己在电影中扮演的角色一样,不断与残酷的时代和悲惨的人生抗争,试图改变自己的命运。可惜,被男人伤了一次又一次的她,终究是一只孤鸟,无枝可依。或许,将真心错付,是女人最悲惨的结局。

被宠坏的男人，不值得期许

她是那个年代最耀眼的女星。作为演员，阮玲玉有千万影迷的拥趸。在中国电影的历史上，她是不可或缺的一笔，在那个年代，阮玲玉的表演，代表了当时的最高水平。

这些头顶的光环，本应让她的人生更加耀眼。可惜，她的生命在最绚烂的年华戛然而止，将美好与悲凉，浓缩于短短的二十五年。

阮玲玉并不是她的本名。出生于上海一个贫困家庭的她，本名叫阮凤根。父亲在一家油栈做工人，因为积劳成疾患上肺痨，早早离世。那一年，阮玲玉仅仅六岁。

父亲离世后，阮玲玉的母亲靠给人家做用人，苦苦支撑着母女俩的生活。阮玲玉从小便跟随母亲住在雇用他们的张家，早早地懂得了只有靠劳动才有生存下去的可能。

母亲干活的时候，阮玲玉就是最贴心的帮手。母亲做饭，她帮忙择菜；母亲扫地，她帮忙擦桌子。这样的日子，她过了九年。

幸运的是，张家是上海当时有名的富商，对用人还算善待，阮玲玉和母亲从没受过张家欺负，反而受到许多照顾。

不过，作为用人的女儿，阮玲玉注定不会被人高看一眼。她亲眼见识到张家生活的富庶，再对比自己和母亲生活的寒酸，一颗好强的种子在心中萌芽。她暗暗发誓，将来一定要过上比现在强百倍的生活，将母亲做用人的历史统统抹掉。

阮玲玉的母亲算是开明的，她每天起早贪黑地替人干活，才能勉强维持自己和女儿的生计。因此，她不希望女儿将来重蹈自己的覆辙。她意识到，只有知识才能改变女儿的命运。

张家老爷是崇德女校的校董，阮玲玉的母亲求助于他，让阮玲玉以半价的学费进入上海崇德女校就读。即便是半价，这些钱也要靠母亲从牙缝中挤出来。在当时，阮玲玉受教育的程度，已经高于一般女子许多，足见母亲对阮玲玉抱有怎样的厚望。

"天生丽质"这个词，用在阮玲玉身上最恰当不过。十五岁时，她便已出落得极其标致。她有着江南女子特有的白皙皮肤和清秀五官，再加上纤细的腰肢和高挑的身材，活脱脱一副美女形象。

她是聪明的，也是温柔的。这样的女人，怎能不让男人为之动心？第一个对阮玲玉着迷的，便是她的母亲所服侍的张家第四个儿子张达民。

作为张家的四少爷，张达民从小便与阮玲玉相识。张达民有三个哥哥，在社会上都打拼出一番事业。唯有年纪最小的张达民，自幼娇生惯养，被一家人溺爱着长大，习惯了别人对他的好，误以为爱情同样应该是别人来宠爱他。

从阮玲玉后来的事业发展，可以看出她是一个聪慧有头脑的女人，可偏偏在爱情上，她痴傻得让人心疼。

阮玲玉和张达民算得上青梅竹马。张达民相貌英俊，大学毕业，正是年轻气盛的时候。并且，他是当时标准的纨绔子弟，爱打扮，爱热闹，爱各种体育活动。只要出了家门，就会穿上一身名牌衣服，一双皮鞋擦得锃亮，头发梳得油亮，举止潇洒，一副贵族派头。

被这样的男人喜欢着，满足了阮玲玉少女的虚荣心。虽然母亲不止一次提醒她，无论如何不能和四少爷走得太近，毕竟人家是少爷，她们是用人。可阮玲玉偏偏不愿听母亲的话，哪怕别人说她高攀，她也要抓住爱情。

不顾母亲的反对，十五岁的阮玲玉和十八岁的张达民恋爱了。阮玲玉的母亲劝阻无效，也只得默认了这段恋情，并默默祈祷，希望女儿与四少爷能修成正果。

可是，张达民的父母根本不能接受自己的儿子和用人的女儿谈恋爱。张老爷在上海滩是有头有脸的人物，让一个用人的女儿做自己的儿媳妇，传出去会成为人家的笑柄。门不当户不对的婚姻，决不能发生在他们家。并且，为了家族生意，他们早已经给四公子选定了一个大富商的女儿，强强联合，才是有钱人心目中婚姻的意义。

那时的张达民，的确是真心爱着阮玲玉的。他极力在父母面前为阮玲玉争取一席之地，可终究胳膊拧不过大腿，无法说服父母的张达民，一气之下带着阮玲玉离家出走，在上海的一个小弄堂租了一间房子，开始了同居生活。

张达民从来没有离家独立生活过,为了阮玲玉,他竟然能和父母决裂,这更让阮玲玉对他死心塌地。

张老爷和张太太将一腔怒火都撒在阮玲玉身上,他们坚信,原本听话的儿子,为了一个女人竟然连父母都不要,都是被阮玲玉勾引的。尤其是张老爷,盛怒之下,险些和张达民断绝父子关系。背负着张家父母的怨恨,这注定是一段不被祝福的爱情。

事业拯救不了只相信爱情的人

为了和张达民生活在一起,阮玲玉退了学。两个完全没有经济来源的年轻人,只能靠张达民带出来的一些存款和哥哥们的暗中资助生活。同居的前几个月,是刺激而又甜蜜的。但很快,张达民便暴露出少爷的本性。

除了向哥哥们伸手要钱,他没有任何生存能力,更可悲的是,他根本不想出去找工作。在他的人生里,吃喝玩乐是全部。每天,张达民带着阮玲玉出去跳舞、看电影、逛商场、打麻将、下馆子……他十分擅长玩乐,阮玲玉在他的影响下,也打得一手好牌。

他们手里仅有的钱,如同流水一般,迅速被花光了。两个人的生活日渐拮据,张达民却满不在乎。父母是他永远的退路,如果真的混不下去,向父母低头认错,他还是他们最疼爱的儿子。

可阮玲玉却不会得到他们的原谅,她也决不允许自己这样没有骨气。既然张达民只会吃喝玩乐,那么就让她来承担起赚钱养家的责任吧。

自强的念头，让阮玲玉的人生出现了转机。张达民的哥哥张慧冲，是新中国第一代导演。当时的上海，是中国电影业最发达的地区，张慧冲发现了阮玲玉的表演天赋，曾问她："你想不想当演员？"

阮玲玉不知道自己想还是不想，演艺对她来说，是一个完全陌生的世界。不过，她还是接受了张慧冲的建议，去当时中国最大的电影公司——明星影片公司，参加了新片《挂名夫妻》的公开选角。独具慧眼的导演卜万仓第一眼看到阮玲玉，就认定她是他心目中的女主角。

阮玲玉没想到自己的第一份工作竟然找得这样顺利，并且，在演艺的道路上，她一发而不可收拾。

在当时的女演员中，阮玲玉的学历算是较高的。再加上她天生对表演的悟性，以及勤奋好学，很快便成为当时光芒万丈的影坛新星。

在民国历史上，阮玲玉是重拍次数最少的演员。她的每个镜头几乎都能做到一次到位，每一场戏只需要拍摄一次就能通过，很少拍第二次。当时的导演也戏称阮玲玉是最省胶片的演员。

《挂名夫妻》上映之后，阮玲玉从此片约不断。她的表演方式是细腻的，非常耐看，一颦一笑皆耐人寻味，她的温柔与风情，令万千男人为之神魂颠倒。短短两年时间，阮玲玉就先后接拍了六部电影，每一部都有极大的市场反响。

然而，阮玲玉没有想到，自己的事业"瓶颈期"来得如此之快。明星公司决定力捧新晋女演员胡蝶，阮玲玉因此遭受冷落，半年多没有电影可拍。她忽然意识到，只要留在明星公司，自己的风头就会永远被胡蝶压下去。

于是，她毅然决然地更换了东家，加盟联华影业公司。这是阮玲玉人生中最正确的选择，联华影业公司的导演，大多是怀揣理想与抱负的年轻人，他们选择的题材、拍摄的手法，都充满新意，尤其是阮玲玉出演的文艺风格的影片，深受当时知识分子的喜爱。

在漫长的九年时间里，阮玲玉的电影作品都出自联华影业。《恋爱与义务》《三个摩登女性》《城市之夜》《人生》《神女》，一部部叫好又叫座的影片，迅速将阮玲玉推上了事业的巅峰。

在事业上，阮玲玉拿得起放得下；在爱情中，她偏偏做不到。此时的张达民，家道已渐渐中落，却依然改不了四处撒钱的本性。父母留给他二十多万元遗产，他很快就花了个精光，又欠下一屁股赌债。

事业蒸蒸日上的阮玲玉，俨然被张达民当作一棵摇钱树。出于旧情，阮玲玉愿意供给他吃喝，却再也无法给出当年那样的真情。她想分手，却扛不住张达民一次次在公开场合对她进行羞辱，败坏她的名声。

阮玲玉只得默默忍耐着，即便在无戏可拍的那半年，还是任由自己全部的积蓄被张达民搜刮走，一些值钱的衣服也统统被他拿去典当。

这样失败的爱情，让阮玲玉失去了活下去的勇气。纵然事业如日中天，依然无法令她振作。无法排遣的伤在心头越发沉重，有许多次，她都想亲手结束自己的生命。张达民的贪婪与无耻，让她心寒。曾经深爱的人，却给了她最深的伤害，这个世界还有什么值得留恋？

在苏州拍摄电影《人生》时，阮玲玉独自去西园进香。她给五百尊罗汉每一尊都供上一炷香，或许只有看不见的神灵，才能慰藉她伤痕累累的灵魂。

阮玲玉经常说"做女人太苦",还说"一个女人活过了三十岁,就没有什么意思了"。她开始变得爱喝酒,每当喝到微醺的时候,就会拉着身边的朋友问:"我到底算不算一个好人?"就是因为执着于"好人"的头衔,她才轻易了结了余生。

流言的世界里，活着比死亡更可怕

阮玲玉的生活中，几乎没有什么朋友。身为女演员，她接触得最多的便是导演和演员。与男演员之间，最多便是同事的关系，而与女演员之间，则多了那么一些争风头的意味。于是，很少有人知道大银幕背后的阮玲玉，生活中究竟承受着怎样的孤独和痛苦。

导演费穆曾说："舍身就是自杀。自杀固然痛苦，可是不正常地活着更加痛苦，有人有勇气痛苦地死去，却没有勇气痛苦地活下去。能痛苦地活下去的需要更坚强的意志。而痛苦地死——自杀，有时像一颗炸弹，一座火山，能使活的人惊醒，使整个社会震动。"

也是在拍摄《香雪海》时，阮玲玉第一次在浙江普陀山听到了"舍身"这个词的见解，从此便铭记于心。

1932年，"一·二八淞沪抗战"爆发，阮玲玉去香港躲避战火。在一次应酬中，她认识了当时东南亚著名的茶叶富商唐季珊。此时的阮玲玉，已经对张达民失去了最后的耐心。唐季珊的出现，恰到好处地填补了她内心中爱情的空虚。

唐季珊当时已经人到中年，茶叶生意让他日进斗金，许多电影公司都希望拉他做股东，就连阮玲玉所在的联华影业也不例外。借由这一便利，唐季珊与许多女明星都有往来。他很快便摸清了阮玲玉的喜好，她喜欢跳舞，他就带她去舞场；她想要一个安稳的家，他就在上海新闸路买下一栋三层的小洋楼，让阮玲玉和母亲、养女一起住。

　　中年多金又风度翩翩的唐季珊，满足了阮玲玉对爱人所有的想象。他最懂女人的心思，经常和阮玲玉谈心，并给她宽慰。这样一个温柔的男人，让阮玲玉甘愿成为他爱情的俘虏。

　　当时，唐季珊有一个前女友，名叫张织云。得知阮玲玉和唐季珊住在一起后，张织云写信给阮玲玉："你要是执迷不悟的话，我的今天，就是你的明天。"她希望能将阮玲玉拉出泥潭，可是被爱情冲昏头脑的阮玲玉，觉得这不过是一个年老色衰的女人在嫉妒她。

　　嫉妒的人并非张织云，而是张达民。得知阮玲玉和唐季珊在一起，妒火令张达民丧失了理智。他不停地骚扰他们二人，还用自己和阮玲玉从前的情事作为要挟，声称如果阮玲玉不给他钱，他便要把当年的事情都爆料给小报记者。

　　一面是张达民的要挟，另一面是唐季珊的变心，夹在两个薄情的男人中间，阮玲玉的痛苦与绝望，已经到了无以复加的地步。

　　唐季珊的身边，从不缺年轻貌美的女明星。和阮玲玉在一起没多久，他便有了新的女友梁赛珍。唐季珊对阮玲玉的感情也不似从前热烈，冷淡之余，还无情地嘲弄她的温柔与谦顺，并对她大打出手。

　　无耻的张达民此时再次出现，他将唐季珊和阮玲玉一同告上法庭。

对热衷于花边新闻的小报来说，这简直是天大的喜讯，有关他们三人的故事每天见诸报端，一向好面子的阮玲玉简直痛不欲生。

好在她热爱的电影事业让她的感情有了寄托之处。她将一腔悲痛与柔情都奉献给电影，塑造出一个又一个经典的角色。

电影导演蔡楚生的出现，给了阮玲玉些许慰藉。一次偶然的机会，蔡楚生邀请阮玲玉参演他的电影《新女性》，在电影中，阮玲玉饰演一位喜欢戏曲和写小说的音乐教师韦明，有妇之夫王博士经常对韦明动手动脚，让韦明感到恶心。她喜欢的是具有绅士风度的余海涛，却只将感情埋在心底，不敢表露。

在王博士的陷害下，韦明陷入走投无路的境地。无奈之下，只能靠出卖肉体谋生。很多人都忘不了电影中那句台词："我要活啊，您救救我！"这句台词，也终于一语成谶。

《新女性》播出之后，立刻引起反动的"新闻记者工会"的抗议，还有一些黄色报刊对电影百般攻击。这些攻击，最终全部落在阮玲玉身上。一些小报记者趁机挖掘阮玲玉和导演蔡楚生的私人感情，饱受流言折磨的阮玲玉，精神世界终于彻底崩塌。

三瓶安眠药，将阮玲玉带离了这个世界。一句"人言可畏"，道尽了阮玲玉的无奈与绝望。除了"舍身"，她想不到其他方式来救赎自己逃离这个流言构成的世界。

然而关于阮玲玉的死，却似乎并不只是"人言可畏"那样简单。在她逝世一个半月之后，《思明商学报》上刊登了两封阮玲玉的遗书，一封写给张达民，对他无耻的行为进行了谴责；另一封写给唐季珊，控诉他是"玩弄女性的恶魔"。

在写给唐季珊的遗书中，有这样几句话："没有你迷恋××（梁赛珍），没有你那晚打我，今晚又打我，我大约不会这样做吧！"

据《思明商学报》声明，这两封遗书是梁赛珍姐妹提供的，而当年那封带有"人言可畏"的遗书，是梁氏姐妹在唐季珊的怂恿下，模仿阮玲玉的字迹伪造的，不过是想把阮玲玉死去的责任推给社会。

没有了阮玲玉的张达民，从此穷困潦倒，疾病缠身，三十六岁时在香港染上肺病去世。而唐季珊的生意也惨遭失败，他沦落到沿街兜售茶叶为生，最终惨死街头。

无论神存不存在，他们都遭到了报应，这或许是对被他们辜负的人最好的安慰。

人生如戏，可惜阮玲玉的结局没有欢喜圆满。从一出生，她扮演的便是贫家女，仿佛生命就此打上了烙印，纵然有些许好运，也都只是在事业上。除此之外，命运对她再无眷顾。

她曾像自己在电影中扮演的角色一样，不断与残酷的时代和悲惨的人生抗争，试图改变自己的命运。可惜，被男人伤了一次又一次的她，终究是一只孤鸟，无枝可依。或许，将真心错付，是女人最悲惨的结局。

杨绛

顺境中贤惠聪明，逆境中淡定从容

对杨绛来说，经营婚姻也是一种智慧，而她也的确成了那个婚姻中最有智慧的妻子。最好的婚姻，不是接受对方身上所有的优点，而是同时包容对方身上所有的缺点。杨绛知道钱锺书的不完美，也愿意欣赏他的不完美，她愿意用最无私的爱包容他的孩子气，努力为他营造幸福的生活氛围，麻烦的事情自己来应付。

世上最好的爱情，叫作"势均力敌"

钱锺书说，杨绛是"最贤的妻，最才的女"。以杨绛的为人，绝对担得起这样的评价。人们称她为中国最后一位女"先生"，跨越百年人生，她始终与世无争，活得坦然、从容。

杨绛曾说："我和谁都不争，和谁争我都不屑。简朴的生活、高贵的灵魂是人生的至高境界。"她的一生，便是对这句话最好的诠释。杨绛从不认为自己的人生有多么传奇，只是觉得不曾虚度此生而已。

或许，杨绛在生活中的宠辱不惊，来自她的家庭。杨家的家乡在江苏无锡，在当地，杨家是有名的书香门第。她的父亲杨荫杭曾留学日本，一生刚直不阿，曾是一名严肃刚正的法官，被人们亲切地称呼为"老圃先生"。

在子女面前的杨荫杭，是亲切而又慈爱的。杨绛最钦佩父亲可以出口成章，曾向父亲请教秘诀，却只换来一句："这哪里有什么秘诀？多读书，读好书罢了。"于是，杨绛便成为一个自幼喜欢读书的女子，只要是她喜欢的书，父亲就给她买。不过，如果因为贪玩，长时间都没有读某一本书，父亲便会悄悄把这本书拿走。当杨绛怎么都找不到那本书时，便知道这是父亲对自己无声的惩罚。

从父亲身上，杨绛遗传了好学与坚强的个性，而从母亲身上，杨绛则学会了坚韧与温柔。父母的一生都是和谐相处的，那虽然是一个不把情爱挂在嘴上，更羞于表现出来的年代，杨绛却能感受到父母之间浓厚的爱与亲情流淌在家里的每一个角落。这份情感无须言语，更无须刻意表现，只从生活中的点滴，便足以让年少的杨绛懂得一个和谐美满的家庭该是什么模样。

父亲曾经染上严重的伤寒，就连医生都宣布无药可救，母亲却执意不肯放弃，求一位中医为丈夫开一副药方，她说："求求你，就把死马当活马医吧。"或许是母亲的坚持感动了上天，药竟然真的见了效，父亲就这样被柔弱的母亲从鬼门关拉了回来。

这次经历给了杨绛极大的触动，当后来她遇到自己的真命天子钱锺书，便效仿着母亲的样子与他相处，果然就这样幸福了一辈子。

许多人说："有一种爱情叫杨绛和钱锺书。"那是世人对这段感情最大的褒奖。他们共同走入婚姻的"围城"，却一辈子都不曾想过要出来。

不知世间是否真的有缘分这件事，但可以确定，杨绛与钱锺书的相遇，似乎冥冥中早有注定。杨绛原本已经是东吴大学的学生，却因为心中一直有个"清华梦"，选择去清华大学借读。

一次去清华园古月堂，杨绛偶遇好友孙令衔，站在孙令衔身边的，就是他的表兄钱锺书。杨绛早已听说过大才子钱锺书的大名，第一次相见，却完全颠覆了她心目中才子"风流倜傥"的印象。那一天的钱锺书，戴着一副老式眼镜，看上去有些老气呆板。可就是那一次邂逅，就足以令钱锺书对杨绛念念不忘，杨绛的心中，也住进了那个不够风趣幽默的翩翩才子。

他们的爱情，仿佛一层薄薄的窗户纸，一捅即破。却不知是谁在清华传播出谣言，说钱锺书已经订婚，杨绛已经有男朋友。当谣言传到两个人耳中，他们的心慌了，所幸钱锺书迈出了第一步，写信要求与杨绛见面。钱锺书对杨绛说的第一句话，便是"我没有订婚"，作为回应，杨绛告诉他："我也没有男朋友。"

仿佛一切都是顺理成章，心照不宣，两颗心从此越来越近，终于贴在一起。一段携手六十余个岁月的婚姻，就此正式开启。

二十三岁的杨绛，成为二十四岁钱锺书的妻子。在杨绛的记忆中，那是一场热得让人透不过气的婚礼，钱锺书的白色衬衣领子被汗水浸得又黄又软，穿着婚纱的杨绛也已大汗淋漓。可是，哪怕几十年以后，回忆起婚礼当天的情境，杨绛还是会被满满的幸福感包围。嫁给对的人，胜过一切奢华的婚礼。

很快，钱锺书参加中英庚款留英考试，成为唯一被英国文学专业录取的中国学生。那一天的他开心得像个孩子，他告诉杨绛，他想让她陪自己一同出国。

杨绛犹豫了，她还未完成学业，如果陪钱锺书一同去英国，就只能以旁听生的身份前往。可她了解钱锺书，在杨绛心目中，钱锺书是一个不会系鞋带、走路会摔跤、吃饭用不好筷子的"生活白痴"。于是，在学位与婚姻之间，她选择了后者，毅然前往英国，照顾钱锺书的生活起居。

家庭琐事最体现女人的智慧

其实，出国留学之前，杨绛也是一个十指不沾阳春水的大小姐。出嫁时，父母对杨绛放心不下，想把家里最得力的女佣派过去照顾她。可是杨绛替钱家着想，推说钱家有女佣，拒绝了父母的好意。

其实，钱家当时老老少少一大家子人，却只有一个烧饭的女佣，杨绛从来没有使唤过她。看到妯娌和小姑子们早起到井边汲水洗衣，杨绛也跟着一起做，虽然这些活儿她在娘家时从未干过，也尽力学着去做。

"三日入厨下，洗手作羹汤。"这是杨绛从小就烂熟于心的诗。嫁到钱家的第三天，杨绛迎来了一场重要的"仪式"。那一天，杨绛被带进厨房，里面已经有很多她从来没见过的女人等着。厨房的锅里烧着半锅沸油，旁边的盘子里放着一条已经开膛去鳞的鱼。她们让杨绛把鱼放进油锅里，那是杨绛第一次碰鱼，甚至不知道该拿哪里。在她们的指点下，杨绛战战兢兢地提着滑腻腻的鱼尾巴，把鱼头顺着锅边，滑进了油锅里。一场新媳妇的"入厨仪式"才算正式完成。

就是这个连生鱼都从未摸过的"小姐",在与钱锺书一同出国之后,硬是把自己培养成最贤惠的妻子。

出国留学之后,"洗手作羹汤"再也不是简单的仪式,而是变成了生活的日常。钱锺书吃不惯英国的牛排、奶酪,不会做菜的杨绛就买来锅碗瓢盆,学着为钱锺书做饭。他们把做饭当成了冒险游戏,杨绛负责做,钱锺书负责打下手。虽然做饭的手法有些笨拙,但每一餐都是快乐的。

一次,钱锺书想念家乡的红烧肉,杨绛就买来肉,不会切,就用大剪子把肉剪成一块儿一块儿的,回忆着家乡的味道,尝试着去烧。可是她不懂得炖肉要用文火,大火煮了好久,水都干了,肉却没烂,吃下去都是腥苦的味道。

后来,杨绛忽然回忆起母亲做红烧肉时,是用文火炖的。下次再做时,她就有了经验。英国没有家乡的黄酒,她就买来当地的雪莉酒代替。炖肉时先撇去血沫子,再用文火慢炖,居然做出了不错的味道,钱锺书吃着无比开心。

从此以后,"一法通,万法通",只要炖肉,杨绛一律用文火慢炖,哪怕是白煮也好吃。她会把嫩羊肉剪成一股一股细丝,两个人就站在电灶旁边"涮火锅";还有一次做扁豆,杨绛并不懂怎么做,一面剥壳,一面嫌里面的豆子太小。剥着剥着,她忽然想起扁豆是可以吃壳的,于是把扁豆焖了吃,也非常成功;还有一次做虾,简直堪称"冒险"。杨绛很少碰活物,见到虾却作出很内行的样子,说要先剪掉虾须和虾脚才能做。可是她一剪子下去,虾痛得在她手中抽搐,吓得杨绛一把扔掉剪子和虾，从厨房逃了出去。钱锺书问她怎么了，她说："虾，我一剪，痛得抽抽了，以后咱们不吃了吧！"钱锺书和她"讲道理"，说虾不会像人这样痛的，以后还是要吃的，但是可以由他来剪。

一点一滴的小事，汇聚成生活中的幸福。钱锺书的事情，永远被杨绛放在首位，他们就像两个孩子一样在异国愉快地相守，钱锺书享受着杨绛的照顾，杨绛也从未因此产生抱怨。他们之间，有说不完的话，聊不完的书，在他们心目中，对方是自己最好的朋友。

用"神仙眷侣"形容杨绛与钱锺书的感情一点不为过，两人刚一结婚，就经历了一场漂洋过海的旅行，通过了对情侣最初的考验，达到了精神上的契合。或许正是因为这一段经历，钱锺书才在《围城》中写道："结婚以后的蜜月旅行是次序颠倒的，应该先共同旅行一个月。一个月舟车仆仆以后，双方还没有彼此看破，彼此厌恶，还没有吵嘴翻脸，还要维持原来的婚约，这种夫妇保证不会离婚。"

对杨绛来说，经营婚姻也是一种智慧，而她也的确成了婚姻中最有智慧的妻子。最好的婚姻，不是接受对方身上所有的优点，而是同时包容对方身上所有的缺点。杨绛知道钱锺书的不完美，也愿意欣赏他的不完美，愿意用最无私的爱包容他的孩子气，努力为他营造幸福的生活氛围，麻烦的事情自己来应付。

钱锺书最害怕的事情，就是杨绛不在身边。杨绛刚刚生完女儿住院期间，钱锺书时不时就会像孩子一样垂头丧气地告诉她："我做坏事了。"可是每一次，杨绛总会用温柔的话语让钱锺书立刻安心。他打翻墨水瓶，弄脏了房东家的桌布，杨绛说："不要紧，我会洗。"他弄坏了门轴，杨绛说："不要紧，我会修。"他的头上生了一个疗，杨绛说："不要紧，我会治。"

杨绛不只是说说而已，每一次，她都能用一双巧手解决掉钱锺书惹下的"麻烦"。她的那句"不要紧"，成为钱锺书心中最有效的定海神针。杨绛却从不觉得钱锺书麻烦，她反而觉得，自己一生最大的功劳，就是保住了钱锺书的淘气和痴气，让钱锺书的天性没有受到压迫，没有受到损伤。

她曾说："分享幸福得到双倍的甜蜜，而烦恼并不会因为两个人一起分担而变少。"于是，在钱锺书面前的她，永远是最灿烂的模样，也正因如此，钱锺书才愿意为她许诺："从今以后，我们只有死别，没有生离。"

没有困难可以打倒一个内心坚定又乐观的女人

在那段特殊的政治年代,杨绛被披上了"隐身衣"。工作没她的份,升职更和她没有半点儿关系。然而,与生俱来的从容,让杨绛在那段时期,依然能够淡定度日,并从苦难中搜寻点滴的欢乐。

杨绛说:"隐身衣的料子是卑微。身处卑微,人家就会视而不见,见而不睹。"可杨绛偏偏不在乎,她觉得,别人眼睛里没有她,心上不理会她,她刚好可以保其天真,成其自然,专心致志完成自己能做的事情。并且,身处卑微的人,不需要抛头露面,这样最能看到世态人情的真相。

于是,杨绛一个人潜心翻译《堂吉诃德》,即便无人理会,见到旁人时,她依然保持着惯有的和颜悦色,讲起话来依然慢条斯理,丝毫不见萎靡或急躁。

因为杨绛受委屈,钱锺书对她更是关心备至。杨绛随一伙老知识分子下乡锻炼,钱锺书每天写来一封信,字里行间透出绵绵的情意,又有许多幽默的语言哄杨绛开心。在下乡的同伴中,只有杨绛每天都能收到一封信，她觉得，这是钱锺书一辈子写得最好的情书。每封信读过之后，她都妥帖地收藏在衣袋里。衣袋里装不下，又藏进提包里，直到藏都无处藏的时候，因为害怕被发现，只好咬咬牙烧掉。

在乡下，无论男女老幼，都要干农活。从没干过农活的杨绛学会了推独轮车，用独轮车运秫秸，能把秫秸堆得高过自己的脑袋，还能稳稳地推着独轮车上坡、下坡，从不翻车。走路向来轻快的杨绛，干这些活儿时每天都会磨破袜子，露出脚后跟，却依然能和同伴、老乡们谈笑风生。

许多下乡的知识分子在老乡们的印象中都是"清高""不爱搭理人"，唯有杨绛让他们愿意亲近。他们都喜欢和杨绛说心里话，因为她是一个懂得倾听的人，能了解他们心中的苦，也能够同情他们。

看到乡下的孩子摔破了头，杨绛会拿出自己带来的药品，帮孩子包扎伤口。那些接受过杨绛帮助的人，在杨绛离开时，都恋恋不舍地送了她一程又一程。

回到城里之后，杨绛再一次遭受了厄运。一天，她翻译好的《堂吉诃德》全部被没收，自己也被拉出去批斗，还被剃了"阴阳头"。钱锺书看到后非常着急，他知道杨绛一向爱美，头发被剃成这样，该怎么出门啊？

杨绛却毫不惊慌，回家的路上，她已经想好了办法。她记得女儿几年前剪下两条大辫子，被收藏在衣柜里，回到家后，杨绛找出一只掉了耳朵的小锅当楦头，用钱锺书的压发帽做底，把女儿的头发一小股一小股地缝在帽子上，整整做了一夜，为自己做了一顶假发。第二天，杨绛便若无其事地戴着那顶假发出门。

即便身处逆境之中,倒霉的事情接二连三地到来,杨绛的幽默感和同情心也一直保留了下来。她从没抱怨命运为她披上了"隐身衣",反而将这段经历当作命运的馈赠,让她在"隐身衣"下,以敏锐的眼光去观察那些颠倒的现实生活,再把这些生活变成鲜活的文字。

杨绛的文字,就如同她的为人,平淡、从容,坚定而又乐观,细读之下,能让人体会出无穷的意味。哪怕岁月给她的是残酷与孤独,她都能用一颗温暖的灵魂,孕育出柔和的文字,让世人感受到她的坚强、优雅。

萧红

裸露着灵魂,却爱得悲哀

萧红的人生之所以成为悲剧，是因为在命运跌落谷底之时，她依然没有想过靠自己重新站起来，而是一次又一次把希望寄托于男人，却每一次都将感情错付。

盲目的依赖，是爱情的囹圄

在民国时期的文坛中，萧红是个举足轻重的人物。她的情感经历，坎坷而又传奇。在她短暂的一生中，有半数时间都居无定所，漂泊无依。无论是命运还是爱情，对萧红似乎都不曾眷顾。唯有那些风格独特的文学作品，见证着她曾经来过这个世界。

萧红曾说："我一生最大的痛苦和不幸，都是因为我是一个女人。"其实，真正令萧红一生不幸的根源，是家庭中爱的缺失。

1911年，萧红出生于黑龙江省呼兰县（现黑龙江省哈尔滨市呼兰区）一个地主家庭，原名张乃莹。她出生没多久，母亲便撒手人寰。在萧红的记忆中，父亲是一个专制而暴躁的家庭掌门人，因贪婪而失去了人性，无论是对老人、小孩，还是对女性，都缺少关爱和尊重。

萧红和父亲，注定是两个生活在对立面的人。她从不知母爱和父爱是怎样的感觉，她的生命中唯一愿意无私给予她疼爱的人，便是她的祖父。

随着祖父的离世，"爱"这个字眼儿，便从萧红的生命中彻底抽离了。不难理解,为什么萧红的个性中,永远渗透着孤独;也不难理解,为何萧红如同一只扑火的飞蛾,宁愿在虚幻的爱情中燃尽自己弱小的生命。

萧红十四岁那一年,父亲把她许配给省防军第一路帮统汪廷兰的次子汪恩甲。父亲希望这样的家庭能给萧红带来衣食无忧的生活,萧红起初对这段姻缘也并无反感,还经常与汪恩甲书信往来。

可是接触多了,萧红发现汪恩甲身上有太多没落子弟的纨绔气质,更可怕的是,他还是个瘾君子,沉迷于抽大烟。萧红对父亲为自己安排的婚事越来越不满,她提出退婚,但父亲坚决反对。

萧红骨子里是一个向往自由、拒绝平庸的女性。她渴望上学,渴望拥有独立的人生。就在此时,远房表哥陆哲舜闯进了萧红的生命。情窦初开的少女,立刻被这个哈尔滨政法大学的学生深深吸引。萧红觉得,陆哲舜才是那个与她思想步调一致的人,他鼓励她追求自己的生活,摆脱包办婚姻。

特立独行的萧红,既然爱了,就决定义无反顾。她明知陆哲舜已有家室,还是逃离了家门,与他一同去往北平读书,并开始了同居生活。

无论在任何一个时代,与有妇之夫同居,都是超越世俗理解的举动。更何况在那个思想闭塞的年代,大胆的萧红成为老家所有人的谈资。他们嘲笑、讥讽她,流言蜚语险些将她的父亲淹死,他无法原谅女儿出格的行为,而一心奔赴自由的萧红,也第一次感受到梦想与现实间巨大的差距。

两个没有经济来源的人，渐渐认清感情并不能当饭吃，也不能当衣穿的残酷现实。艰苦的生活让陆哲舜心生悔意，他们终究还是分了手，各自回家。

萧红的出走已经让父亲颜面扫地，父亲一气之下将她软禁起来。封建家庭让萧红觉得窒息，可是，她能想到的唯一反抗方式，竟然还是无计划的出逃。

她假装同意与汪恩甲结婚，以置办嫁妆为借口，去往哈尔滨。乘人不备，萧红再次逃到北平。她并不知道自己在北平该如何生存下去，天真的她，空有追求自由的灵魂，却总是看不到更长远的路，因而作出最错误的决定。

萧红的两次出逃让汪恩甲极度不满，这一次，他也追到了北平，找到了萧红。那时的萧红，身上仅有的钱几乎花光了。无奈之下，她竟同意和汪恩甲同居。这样的决定，未免太过轻率。

在汪家人眼中，萧红已经是个名声败坏的女人。汪恩甲的哥哥无法容忍，替弟弟解除了婚约。萧红觉得这是对自己极大的羞辱，一气之下，以"代弟休妻"的罪名，将汪恩甲的哥哥告上法庭。

这一次，萧红依然太天真。汪恩甲根本没有和她站在一边，而是主动承认，解除婚姻是自己的主意。萧红毫无意外地输掉了官司，那一刻的她或许曾下定决心，再也不要和汪恩甲有任何联系。

然而现实偏偏就是这样讽刺。在老家呼兰，逃婚、私奔、与未婚夫打官司的萧红俨然成为"怪物"。为了颜面，父亲将萧红送到乡下，可是萧红再次逃了出来。她身无分文，无处可去，但竟然觉得能让自己依赖的,还是在哈尔滨读书的汪恩甲。

汪恩甲收留了她,并在东兴顺旅馆与萧红开始了再一次的同居生活。

不能理解,萧红为什么一次又一次把生命浪费在同一个男人身上。即便知道他不是她的未来,却还是盲目依赖。她一直向往的自由,始终没有由她自己来支撑。

悲伤几乎摧毁了萧红的意志,一向对鸦片烟深恶痛绝的她,竟然和汪恩甲一起吞云吐雾起来。

很快,她怀了汪恩甲的孩子。可汪恩甲耐不住家人的逼迫,暗自决定与萧红断了联系。他骗萧红说回家取钱,将怀有五个多月身孕的萧红抛弃在旅馆里,再也没有回来。

他们在东兴顺旅馆住了七个多月,欠了旅馆四百多元食宿费。旅馆老板找不到汪恩甲,只能找萧红算账。他将萧红赶到阴暗的储藏室里居住,并且天天催她还钱。储藏室里充斥着刺鼻的霉味,更可悲的是,萧红听说旅馆老板已经找好了妓院,只等她生下孩子,就把她卖到那里。

情急之下,萧红写信给《国际协报》求助。接到萧红的求助,几名文学青年赶到旅馆去看望她。在萧红眼中,他们就仿佛从天而降的天使,这其中,有一个名叫萧军的男子。

中国少了一个家庭妇女，却多了一个流浪者

那时的萧军，是欣赏且心疼萧红的。打动他的，是萧红的那首小诗："那边清溪唱着，这边树叶绿了，姑娘呵，春天来了！去年在北平，正是吃着青杏的时候，今年我的命运比青杏还酸。"

他警告旅馆老板不要胡作非为，却也一时拿不出钱替萧红还账。

趁着松花江决堤，市内洪水泛滥，萧军终于找到了救出萧红的机会。他趁夜租了一艘小船，等在旅馆窗外，大着肚子的萧红顾不上穿鞋，光着脚丫翻过窗台，扶着栏杆，上了萧军的小船。

萧军成了萧红的救命恩人。虽然知道他已有妻室，萧红还是决定以身相许。二十一岁的青春，风华正茂的年纪，她再一次沦为别人的情妇。

他们的同居生活，同样是拮据的。不久，萧红生下一个女儿，捉襟见肘的生活让她根本没有抚养女儿的能力，她只好把这个孩子送了人。之后，两个人仅靠萧军当家庭教师和借债勉强度日。

那时的萧红，并没有看出萧军性格上的缺陷。她完全沉浸在幻想

中的爱情里。没有钱吃饭,他们就买一点馒头,就着盐充饥,仿佛两个过家家的孩子,满脸喜悦。萧红笑着说:"这样度蜜月,把人咸死了哦。"偶尔,他们会买一瓶啤酒,分成两半,碰一碰杯,再仰起脖子一饮而尽,之后,便相拥哭泣。

幸运的是,萧红在极度的逆境中遇到了人生中的伯乐——鲁迅先生。1934年,萧红在与萧军流亡到青岛之后,完成了中篇小说《生死场》。鲁迅先生在序言中称赞道:"北方人民对于生命的坚强,对于死的挣扎力透纸背;女性作品的细致的观察和越轨的笔致,又增加了不少明丽和新鲜。"

一部《生死场》,让萧红在20世纪30年代的民国文坛崭露头角,她有了源源不断的稿费,这是萧红人生中第一次有了充足的经济来源。

精神独立的重要前提,便是自食其力。可萧红错把爱情当作精神独立的必需品。

萧红与萧军曾经比赛着写文章。有些东西是不能比的,例如才华。萧军渐渐意识到,在萧红的文学才华面前,自己是那样平庸。他本就是一个大男子主义者,不愿承认自己不如女人有才。挫败感让他在萧红面前暴躁起来,甚至对她大打出手。

虽然萧军在同一年也出版了《八月的乡村》,与萧红一样在文坛声名鹊起,可还是有人喜欢将他们进行比较,情感的裂缝便在比较之间产生了。

既然比不过这个女人,萧军决定那就换一个比得过的。成名的萧军很快爱上了别的女人。不知何故,向来追求独立自由的萧红,此刻却忘记了抗争。萧军的变心没有让她愤怒，只让她哀怨，哀怨自己没有少女的红唇，没有少女的心肠，只有油污的衣裳，为了生活而流浪。

萧军打她，她依然不反抗，反而在人前替他隐瞒，说是自己不小心跌伤了。反而是打人者萧军在一旁冷笑："什么跌伤的，别不要脸了！是我昨天喝了酒打的。"

他的冷漠，依然没能将她从盲目的依赖中唤醒。或许，从心底里，萧红一直在欺骗自己：和她生活在一起的，还是当年拯救她于危难中的"天使"。

倒是旁人看得出萧军的绝情。鲁迅先生的夫人许广平记得萧红经常头痛，每个月还有一次肚子痛，痛起来好几天不能起床。

萧红痛得死去活来时，萧军正对着别的女人吟唱："谁不爱个鸟儿似的姑娘？"

若不是鲁迅先生等人劝说萧红远赴日本，或许她还会在萧军的暴力与薄情之下深受折磨。距离远了，萧军在萧红心目中的形象反而更好了。她写信给萧军："你是这世界上真正认识我和真正爱我的人！也正为了这样，也是我自己痛苦的源泉，也是你的痛苦源泉。可是我们不能够允许痛苦永久地啮咬我们，所以要寻求各种解决的法子。"

可惜，情感的裂缝，就算是修补，依然会留下疤痕。回国之后，她和萧军短暂和好，但萧军改不了在外偷香的本性。萧红发现萧军和有夫之妇许粤华有私情，这一次，她终于忍无可忍，对这段感情死心。

可笑的是，萧军竟怨恨萧红不够宽容，不能包容他爱上别人。他甚至在日记中写道："吟（萧红的笔名）会为了嫉妒，捐弃了一切同情,从此,我对她的公正和感情有了较正确的估价了。原先我总以为,她会超过于普通女人那样的范围,于今我知道自己的估计是错误的,她不独有普通女人的性格,有时甚至还甚些。总之,我们是在为工作而生活着了。"

随着抗日战争爆发,萧军终于找到了离开萧红的理由,独自去往大西北。可怜的萧红,又一次在惨遭抛弃的时候,发现自己怀有身孕。

真正的独立,是靠自己

萧红的人生之所以成为悲剧,是因为在命运跌落谷底之时,她依然没有想过靠自己重新站起来,而是一次又一次把希望寄托于男人,却每一次都将感情错付。

或许是因为曾经在萧军身上体会过温暖,她便再也不能忍受孤独的寒冷。不知萧红是否想要尽快走出上一段情伤,她还没来得及舔舐好伤口,就匆忙把余生交给了同样来自东北的作家端木蕻良。

文学上,她天赋极高;爱情里,她目光短浅。萧红能看到的,是端木蕻良能带给她眼前的安稳,从未想过他是不是那个能给她余生带来幸福的人。

在婚礼上,萧红坦言:"掏肝剖肺地说,我和端木蕻良没有什么罗曼蒂克的恋爱史。是我在决定同三郎(萧军)永远分开的时候,我才发现了端木蕻良。我对端木蕻良没有什么过高的要求,我只想过正常的老百姓式的夫妻生活。没有争吵、没有打闹、没有不忠、没有讥笑,有的只是互相谅解、爱护、体贴。我深深感到,像我眼前这种状况的人,还要什么名分。可是端木却做了牺牲,就这一点我就感到十分满足了。"

然而,爱的救赎,哪会来得那样容易?萧红还是看不清,一时的感动,撑不起婚姻中需要的幸福。就连萧红的朋友都反对这场婚礼,甚至质问她:"你不能一个人独立地生活吗?"

是啊,"独立"这个词,她喊了太多遍,却最终都不明白,所谓独立,靠的是自己。

她盲目地投入一段婚姻,却从未考虑过婚姻对彼此的意义。在人前,他们是最不像夫妻的夫妻,从没有人见他们有任何亲密的姿态,甚至连谈笑都很少。

若是在婚前,萧红好好地思考他为何娶她,也许便不会在婚后独自应对那许多难题:萧红最尊敬的鲁迅先生去世,萧红写过一些纪念的文章,端木蕻良却当着朋友的面嘲讽:"这也值得写,这有什么好写?"端木蕻良在外面打了人,大着肚子的萧红跑前跑后地调解,他则躲在家里不敢出门。

婚后不久,日军轰炸武汉,作为战地记者的端木蕻良赶往前线,怀孕的萧红只得独自前往重庆。她忽然觉得:"我好像命定要一个人走路似的……"

前往重庆的一路上,萧红历经磨难。她在重庆生下一子,可怜的孩子只活了四天便夭亡。

在战火中,他们离开重庆,去往香港,萧红在那里开始了贫病交加的生活。从1940年1月到1941年6月,她在逼仄破旧的陋室中,以惊人的速度完成了《马伯乐》《呼兰河传》《小城三月》。不知她是否预感到自己在这个世界上的日子不多了,所以才拼尽全力发出最灿烂的光芒。

这几部小说完成之后,萧红的病情越发严重。在医院里,她遇到了庸医误诊,接受了喉管手术,导致不能说话,并且,她的肺结核也越来越严重。

爱情中的萧红,习惯了逆来顺受。尤其是生病之后,她在端木蕻良面前越发没有自信。端木蕻良每一次出门,萧红都担心自己遭到抛弃,惴惴不安地盼到端木蕻良回来,一颗心才能放下。然而,她最担心的事情,还是发生了。

战火很快蔓延到香港,端木蕻良带着萧红搬入香港思豪酒店。第二天,端木蕻良便离开了,没有人知道他去了哪里,做了什么,总之,萧红最终还是变成孤身一人。

萧红生命中最后的日子,陪伴在她身边的,是小她六岁的骆宾基。在最脆弱的时候,她还是习惯性地想要依赖一个人,于是她承诺,如果能活下去,一定嫁给骆宾基。可是她还说:"三郎若是知我病重,一定会不远千里来救我……"到了生命的最后一刻,她还在幻想着萧军会来救她。

1942年1月19日,在住进香港玛丽医院的第二天深夜,萧红在一张纸片上写下:"我将与蓝天碧水永处,留下那半部《红楼》给别人写了!半生尽遭白眼冷遇……身先死,不甘,不甘!"

1月22日,带着无限惆怅,三十一岁的萧红离开了人世。自始至终,她都没有获得真正的爱情,没有过上想要的生活,更没有得到她心心念念的"独立"与自由。

孟小冬

一身棱角，一生倔强

身为女子，偏偏这样铁骨铮铮，爱情到来，她便欣然接受；爱情不再，她也决不强留。死缠烂打，绝不是她的行事风格，她将所有的坚强与温暖都留给自己，靠戏曲度过那段单身的岁月，酝酿着重整旗鼓。

学艺可以忍辱负重,爱情不行

京剧名角儿台上的光芒,来自台下训练的无数艰辛。站在舞台上的人,最能体会人生如戏,戏如人生。

旧时的中国,男尊女卑是最残酷的现实,女子若是踏入梨园,更成为遭人歧视的"下九流"。然而,梨园"冬皇"孟小冬,却是那个时代的传奇。

1907年,孟小冬出生于北京的一个梨园世家。她的祖父、叔伯都是京剧演员,从小,孟小冬便对戏曲耳濡目染,她在戏曲上的天赋,也随着年龄的增长渐渐显露。

九岁那年,孟小冬开始学习老生戏;十二岁,便已能在无锡新世纪登台;十四岁,在上海乾坤大剧场与诸多名角儿同台演出。时人对她的评论是:"扮相俊秀,嗓音宽亮,不带雌音,在坤生中已有首屈一指之势。"

她注定不是等闲之辈,年少成名亦未让她迷失自我。对于京剧,孟小冬有一种流淌于血液中的痴迷。她不仅跟着师父学戏,只要有机会，便到戏院里去看名角儿演出，并且尽量坐在前排，细心观察名角儿的唱念做打，学习咬字与唱腔，还专门向研究名角儿唱腔的人请教。

一切努力，只为在戏曲上达到更高的境界。

十八岁那一年，在上海戏曲界已经小有名气的孟小冬毅然选择离开，去往名角儿云集的北京。她最倾慕的，便是京剧老生余叔岩的"余派"唱法。她多次请人帮忙，想要拜余叔岩为师，可他连男弟子都不收，更不用说女弟子。

有人曾介绍一位票友拜余叔岩为师，却遭到他的断然拒绝："有些人教也是白教，徒费心力。"人家又问："当今之世，谁比较好呢？"余叔岩想也不想："目前内外行中，接近我的戏路，且堪造就的，只有孟小冬一人。"

可见，余叔岩对孟小冬是极为欣赏的。这份欣赏也为孟小冬拜师余叔岩开辟了捷径。1939年，余叔岩收了李少春为徒，孟小冬赶忙抓住这个机会，请人大力推荐，终于在隔了一天之后，成为余叔岩的关门弟子。

余叔岩教徒弟，是因人而异的。李少春有武生功底，就专门教他《战太平》《定军山》；孟小冬做派与唱功极好，便教她《洪洋洞》《搜狐救孤》。

有时候，余叔岩整天都不教戏，但有时一教就教到大半夜。如果一样东西没有学精，他决不会教下一样。有时兴之所至，余叔岩还会突然加课，当他的徒弟，必然要吃得了辛苦、耐得住疲劳，还要有非凡的耐心。

后来，李少春中途离开，只剩下孟小冬一人在余叔岩门下坚持着。她在余叔岩门下整整学了五年，每天都到师父家里用功学艺，风雨无阻，尽得余叔岩真传，也为自己赢得了梨园"冬皇"的美誉，登上了事业的巅峰。

孟小冬与余叔岩是师徒，更像父女。重情重义的她，在师父晚年缠绵病榻时殷勤服侍，照料得无微不至。1943年，余叔岩病重去世，悲痛至极的孟小冬写下一副挽联："清方承世业，上苑知名，自从艺术寝衰，耳食孰能传曲韵；弱质感飘零，程门执辔，独惜薪传未了，心丧无以报恩师。"

如此重情重义的女子，却偏偏没能遇上重情重义的情郎。

1925年年底，孟小冬演出《上天台》，也是在同一天，梅兰芳演出《霸王别姬》，一双璧人就这样在彼此最灿烂的时刻不期而遇了。

她从不开口大笑，眉梢眼角总挂着一抹严肃。戏曲的神韵已经融入她的骨髓，虽然她不像别的女孩那样活泼娇羞，梅兰芳还是一眼便让这个遗世独立的女子住进了心里。

有时候，爱情的发生，只是一瞬间的事情。

有人极力促成孟小冬与梅兰芳合作出演《四郎探母》，"一个是须生之皇，一个是旦角之王，王皇同场，珠联璧合"。一时间，剧坛为之轰动，传为佳话。从那时起，梅兰芳每唱《四郎探母》，便会邀孟小冬合演。

第二年，孟小冬与梅兰芳同台出演《游龙戏凤》。

舞台上，扮演皇帝的孟小冬，拖着长长的髯口；梅兰芳则俨然一个活泼俏丽的少女。满堂喝彩，自是不必说。双方的戏迷为此激动不已，甚至极力撮合二人，期望这对舞台上的绝配，成为现实中的伉俪。

一切仿佛皆是水到渠成，1927年，孟小冬与梅兰芳终成夫妻。他们的婚礼，简单得近乎草率，草率到连具体日期都无处考证。当时的报道，也不过是"梅兰芳将娶孟小冬""友人撮合，终成眷属"而已。

关于这段婚姻，孟小冬回忆说："当初的兴之所至，只是一种不太成熟的思想冲动而已。"毕竟，她不是他唯一的妻，并且，她才是后来的那一个。这让她日后有了最尴尬的身份，非妻非妾，甚至连进入梅家家门的资格都没有。倔强如她，怎能忍受自己在婚姻中如此委曲求全？

爱情不在，尊严要在

1933年9月，孟小冬在天津《大公报》第一版上，连登了三天启事："冬当时年岁幼稚，世故不熟，一切皆听介绍人主持。名定兼桃，尽人皆知。乃兰芳含糊其事，于桃母去世之日，不能实践前言，致名分顿失保障。毅然与兰芳脱离家庭关系。是我负人？抑人负我？世间自有公论，不待冬之赘言。"

相伴七年，她潇洒地斩断情丝。他们的分手，仿佛一出荒诞的戏剧。

梅兰芳的原配妻子王明华同样出身戏剧世家，她温柔、贤惠，对梅兰芳照顾得无微不至，两人感情向来和谐，并育有一双儿女。可惜，一场荨麻疹，夺走了两个孩子的性命，为了陪梅兰芳外出演出的王明华已经做了绝育手术，为了给梅家延续香火，她只得让梅兰芳迎娶第二个妻子福芝芳。

福芝芳与梅兰芳出自同门，嫁给梅兰芳之后便不再登台，一心扑在家庭上。梅兰芳与福芝芳同样感情和睦，并且先后育有九个孩子。

这样的家庭，哪里还有孟小冬的容身之地？于是，梅兰芳在东城无量大人胡同为她置了一个家，取名"缀玉轩"。

细细算来，孟小冬与梅兰芳的甜蜜生活只维持了九个月。孟小冬的铁杆戏迷李志刚，对孟小冬的迷恋已经到了近乎痴狂的地步。得知孟小冬嫁人，李志刚气愤不已，带着手枪直接闯入缀玉轩客厅。梅兰芳当时恰好不在客厅，只有客人张汉举坐在沙发上。失去理智的李志刚拔枪威胁张汉举，梅兰芳听到客厅中有人求救，只留下一句"我立刻打电话去"，便再也没了踪影。

很快，军警赶到缀玉轩，在劝解过程中，惊慌失措的李志刚失手打死客人张汉举。杀人犯李志刚的脑袋也被军警砍下，在前门外的电线杆上悬挂示众三天。

梅兰芳从此对这段婚姻有了顾忌，他不知道孟小冬还有多少这样痴狂的戏迷，更不知道今后还会发生多少类似的事情。事情闹得满城风雨，福芝芳出面劝了梅兰芳一句："大爷的命要紧。"这句话仿佛给足了梅兰芳疏远孟小冬的理由，从此之后，这对新婚夫妻便渐行渐远，更多陪伴在梅兰芳身边的，是贤惠的福芝芳。

倔强的孟小冬，始终没能看透女人之间的小心计。她骄傲地做着自己，却被福芝芳轻描淡写的一句话，不着痕迹地推出了梅兰芳的生活。

梅兰芳去天津演出时，破天荒地带上了正妻福芝芳，这是他们婚后第一次同行，就连《北洋画报》都特意将此事当作新闻来报道。孟小冬一怒之下，回了娘家。她不愿去争，也不屑去争，更不愿做出哭哭啼啼的弱女子姿态，所谓谁胜谁负，其实在梅兰芳心里早已有了答案。

但若说就此隐忍，绝不是孟小冬的个性。嫁给梅兰芳后，她本已决定不再登台。面对福芝芳的公然挑衅，孟小冬忍无可忍。她与女演员雪艳琴一同赶往天津，搭伙唱戏，公然与梅兰芳唱对台戏。

一时间舆论哗然，他们再一次站在风口浪尖。为了缓和二人的关系，孟小冬的母亲出面斡旋，总算让一场风波平息下来。可感情就是这样，一旦出现裂痕，便再也无法修补。

梅兰芳自幼被伯父一家收养，与伯母情同母子。伯母去世，他特意在北平设立灵堂。孟小冬得知后，头戴白花，来到梅宅为婆母奔丧。可刚到门口，便被大着肚子的福芝芳拦了出来。向来在梅兰芳面前表现出温柔贤良的福芝芳，在孟小冬面前却言辞激烈，纵然前来吊唁的客人纷纷劝说，福芝芳也坚决不肯让孟小冬踏入梅宅半步。

梅兰芳试图劝解："不看僧面看佛面。小冬已经来了，我看就让她磕个头算了。"福芝芳却厉声回答："这个门，她就是不能进！否则，我拿两个孩子、肚子里还有一个，和她拼了。"

众目睽睽之下，孟小冬放下了尊严，却没有换来梅兰芳的维护。梅兰芳对孟小冬说了一句"你回去吧"。短短四个字，却给了孟小冬最大的难堪。她转头离开了这个不属于她的家，也从此离开了梅兰芳的生活。

据说，当时"捧梅派"魁首冯耿光建议梅兰芳在福芝芳和孟小冬之间舍弃孟小冬，理由是："孟小冬为人心高气傲，她需要人服侍，而福芝芳则随和大方，她可以服侍人，为梅郎一生幸福算计，就不妨舍孟而留福。"

孟小冬怎能容忍有人如此在背后诋毁,她直接质问梅兰芳:"冯六爷不是已经替你作出了最后选择?他的话,对你从来是说一不二,还装什么糊涂?"

她为这份情隐忍七年,最后还是亲手拔除了情根。分别之前,孟小冬的一番话丝毫不留余地:"请你放心,我不要你的钱。我今后要么不唱戏,再唱戏也不会比你差;今后要么不嫁人,再嫁人也绝不会比你差。"

身为女子,偏偏这样铁骨铮铮,爱情到来,她便欣然接受;爱情不在,她也决不强留。死缠烂打,绝不是她的行事风格,她将所有的坚强与温暖都留给自己,靠戏曲度过那段单身的岁月,酝酿着重整旗鼓。

旖旎幻境，不如一碗热汤

1934年，孟小冬复出。距离上一次登台，已时隔七年。她的首场演出，被安排在西长安街新戏院。出现在戏迷面前的她，已获得余叔岩戏曲的精髓，表演方法更加成熟。

唯独不变的，是她妆容背后那一抹冷静的神色，她的精气神，当年无一人能模仿一二。

孟小冬的复出令很多人为之兴奋，其中便有青帮大佬杜月笙。早在孟小冬刚刚成名时，杜月笙就已经喜欢上了她。后来听说她嫁给梅兰芳，只得作罢。当得知孟小冬离婚并复出后，杜月笙终于有了名正言顺追求她的机会。

借着为黄金大戏院揭幕剪彩的机会，杜月笙邀请孟小冬进行为期二十多天的演出。杜月笙的四夫人姚玉兰也是梨园中人，是孟小冬的师姐，更是她的结拜姐妹。借着这次机会，她们的感情越发亲近，姚玉兰也趁机游说孟小冬做杜月笙的五夫人。

她并没有点头，连"兼祧"都并非心甘情愿，她又如何能允许自己给别人做小？然而，杜月笙却不肯轻易放弃，他对孟小冬嘘寒问暖，每一份情都是出自真心。更可贵的是，他在事业上也给予了孟小冬极大的帮助。一个女子即便再怎么孤傲，也会被一双温暖的手掌捂得柔软起来。孟小冬便是如此。

可惜，世事离乱，杜月笙远走香港避祸，孟小冬则执意留在北平。1946年，杜月笙从香港返回上海。他做的第一件事，便是写信催孟小冬南下。孟小冬来了，在上海，他给了她一个家。她便这样将自己交付给杜月笙，因为在她看来，杜月笙是一个真正有担当的男人。

得到孟小冬之后，杜月笙更加珍惜。他为孟小冬搭戏台，做她的头号戏迷。在自己六十岁寿辰那一天，他邀请全国上下的京剧名角儿到上海义务赈灾演出，票价涨到一千元一场，依然场场爆满。

杜月笙比孟小冬年长近二十岁，他对孟小冬的疼爱，似丈夫，也似父亲。六十多岁的杜月笙，身体日渐虚弱，孟小冬与他相伴十年，从未计较过名分，无怨无悔地照顾着他。或许，她是为了报答杜月笙对自己的一腔爱意；又或许，她不愿捅破这层窗户纸，没有名分，她是爱人，有了名分，她只是小老婆。

1950年，杜月笙一家准备迁居香港，所有人都在忙着办护照，一时间忙晕了头，忘记了孟小冬的身份。一向不计较名分的孟小冬，突然问了杜月笙一句话："我跟着你去，算丫头，还是算女朋友？"

一旦开始计较，便是真的在意。孟小冬早已对杜月笙动了真情，也决心一生与他相伴。这一次，她主动开口索要一个名分，就是让自己的陪伴更加名正言顺。

杜月笙愣了一下，赶忙向孟小冬赔不是，紧接着便正经地操办起婚礼。在那个时局最动荡的时候，他却愿意给她一场最豪华的婚礼。反观当年的梅兰芳，却连说一句维护她的话都不肯。就是为了杜月笙的这一份真情，大好年华的孟小冬情愿每天照顾他，为他端茶递水。

或许是觉得自己辜负了孟小冬的青春，杜月笙对孟小冬格外好。他们的婚礼定在杜公馆，管家把九龙饭店的大司务请到杜公馆来做菜，一共十桌，每桌九百港币。杜公馆楼下摆不下，就临时借来楼上陆根泉家的客厅，亲朋好友无一缺席，杜月笙要在所有人面前，给孟小冬的未来一份期许。

那一天，杜月笙穿戴一新，带病出场；那一天，向来冷漠的孟小冬，露出了难得一见的笑容。

若爱出自真心，一碗热汤便足以暖心。

杜月笙弥留之际，最悲伤的人便是孟小冬。她守在杜月笙的病榻前，对他立誓此后绝不登台演戏。因为没有了杜月笙，世间便没有了最懂她的人，她还演给谁看？

杜月笙离世后，孟小冬从此深居简出。她说到做到，此后再不登台，就连嗓子都不吊了。最爱的戏、最爱的人，被她一同埋藏在心底。恨得决绝，爱得洒脱，她的性情，便如同她的名字，凛冽如"冬"。

吕碧城

不做剩女，只做『胜女』

吕碧城的一生,拥有太多精彩。少女时期的遭遇,或许带走了她一生的厄运,从那时起,她便开始一往无前。

当人们还在惋惜她一生没能赢得一段婚姻,吕碧城却早已赢了人生。

婚姻不是女人的必需品

女人到底该是什么样子才算完美？你娇娇滴滴，他嫌你不善解人意；你坚强独立，他嫌你不温柔可人；你人情练达，他嫌你不天真单纯……

事实证明，无论女人怎么做，在男人眼中都没有完美的样子。若不懂得做自己，你取悦他的每一点，都能被他挑出错处。

女人为什么要绞尽脑汁去取悦男人？为什么不想方设法取悦自己？

太多女人把嫁个好男人当成终生目标，但与此同时，也有许多女人宁愿选择单身，也不愿和随便一个人搭伙过日子。哪怕顶着"剩女"的称呼，还是能用坚定的眼神对抗一切流言蜚语。

才女吕碧城，称得上民国第一"剩女"。她终身未嫁，却并非不够优秀、不够美丽。若将她的经历列举出来，许多男子都望尘莫及。

她是中国新闻史上第一位女编辑、袁世凯总统府机要秘书、人称近三百年来唯一一位女词人、中国教育史上第一位女校长、民国时期第一女富商。

若论才情，大名鼎鼎的秋瑾都甘拜下风，张爱玲甚至称赞道："中国人不太赞成触目的女人，早在'万马齐喑究可哀'的清朝，却有一位才女高调彩衣大触世目，便是吕碧城。"

若论容貌，苏雪林则毫不掩饰对她的赞赏："从某杂志剪下她的一幅玉照，着黑色薄纱舞衫，胸前及腰以下绣孔雀翎，头上插翠羽数支，美艳有如仙子。"

选择终身不嫁，是因为她足够骄傲。上天注定她无法遇到那个足以匹配得上她的灵魂，她就索性一个人活得精彩。

吕碧城的出身，算得上书香门第。父亲是晚清进士，学生无数，家中藏书颇丰。吕碧城自幼便饱读诗书，书香浸染的童年，影响了她的一生。母亲与父亲十分登对，身为名门闺秀，诗词、绘画皆精通，吕碧城也随母亲学了一手好丹青。

吕碧城虽非嫡出，但从未受过父亲轻视。吕家家风极正，吕家三个女儿，诗文皆颇有造诣，其中，吕碧城便是最出色的一个。

五岁那年，吕碧城随父亲一起逛花园。父亲见到风吹杨柳的唯美意境，随口吟了一句"春风吹杨柳"，不料想跟在父亲身后的吕碧城竟立刻接道："秋雨打梧桐。"

吕碧城的文采惊艳了父亲，七年以后，她又凭一阕小词，惊艳了大诗人樊增祥。吕碧城在词中写道："绿蚁浮春，玉龙回雪，谁识隐娘微旨？夜雨谈兵，春风说剑，冲天美人虹起。把无限时恨，都消樽里。君知未？是天生粉荆脂聂，试凌波微步寒生易水。漫把木兰花，错认作等闲红紫。辽海功名，恨不到青闺儿女，剩一腔豪情，写入丹青闲寄。"

樊增祥还专门写诗称赞这阕词："侠骨柔肠只自怜，春寒写遍衍波笺。十三娘与无双女，知是诗仙与剑仙？"少女吕碧城，便已有一腔豪情，这便不难理解为何日后的她，在逆境中依然如此刚烈。

若是父亲在世的时间久一些，吕碧城或许会像大多数名门闺秀一样，嫁给父母为她选定的如意郎君。那么她的人生结局如何，无人可知，唯一可以断定的是，人生的过程，一定不会像现在这般精彩。

吕碧城十三岁那一年，父亲突然离世。因为家中没有儿子，吕家族人以无后为名，企图霸占财产。他们丝毫不念及骨肉亲情，甚至串通匪徒绑架了吕碧城的母亲。

危急关头，吕碧城表现得异常冷静。她立刻写信给父亲生前的好友和学生，恳请他们伸出援手搭救母亲。

她的四处奔走，给匪徒制造了舆论压力，终于将事情闹大，成功将母亲营救出来。从那一刻起，吕碧城便已明白，人生没有一帆风顺，人性也并非原本善良。她开始不对任何人抱有幻想，只把一切希望寄托在自己身上。

世人再也不敢小觑这个柔弱的少女，然而，正因为她的勇敢，却吓退了未来的婆家。

父亲在世时，曾为吕碧城订了一桩婚事。就在母亲平安无事回家之后，吕碧城未来的婆家突然上门退婚。他们的理由简直可笑，觉得吕碧城小小年纪，便能"呼风唤雨"，日后若是过了门，定不会安分守己。

危难关头挺身救母,竟然成为被退婚的理由。或许在婆家眼中,未来媳妇的人选应该是聪慧而不精明、温柔而不勇敢的,这样才能任由他们拿捏、摆布。

这样一桩婚姻,不要也罢。母亲不愿再生事端,无奈答应退婚。在当时,女子被退婚是奇耻大辱。纵然坚强如吕碧城,也无法接受自己是个被婆家"退回来"的人。正因如此,她的人生观、爱情观、婚姻观都为之改变,哪怕日子再艰难,她也不愿把自己轻易托付给一个男人。

流言蜚语让吕碧城的母亲苦不堪言,吕家族人又将她们视为眼中钉。无奈之下,母亲只得带着四个女儿,一起投奔吕碧城的舅舅严凤笙。

女人的价值从来不是依靠男人

寄人篱下的日子，更让吕碧城明白，这个世界上除了自己，谁都靠不住。二十岁那一年，她想去天津读书，舅舅不仅不愿支持，还痛骂她不守本分。这样的屈辱，给了吕碧城自立的勇气。当天夜里，她逃了出来，直奔天津。

靠别人施舍活着，比身无分文更可怕。天津有她的梦想，也注定改变她的人生。

一封求助的长信，让《大公报》总经理英敛之见识到了吕碧城的文采。他连夜拜访吕碧城，得知吕碧城的身世及出逃天津的原因，更是对她心生敬佩。就这样，吕碧城成了《大公报》的见习编辑。

她的才华终于有了施展之地，一首首意境优美的诗，在《大公报》上一经发表，立刻深受业内人士的好评，甚至带动了报纸的销量。

很快，她从见习编辑成为《大公报》的主笔，有了写文章的机会，也就拥有了主导舆论的话语权。作为女子，吕碧城曾深受歧视与迫害，她要为女同胞说话，要让所有的女子接受教育、开阔眼界、得到解放。于是，她在《大公报》的文章中写道："有贤女而后有贤母，有贤母而后有贤子。""儿童教育之入手，必以母教为根基。"

她的文章犹如一记惊雷，震惊了那个男权当道的社会。从此，京津地区出现了"绛帷独拥人争羡，到处咸推吕碧城"的盛况。英敛之还专门称赞道："碧城能辟新理想，思破归锢蔽，欲拯二万万女同胞，复其完全独立自由人格。"

大儒严复甚至将吕碧城收为学生，教她逻辑学。当袁世凯提出要创办女子学校，严复极力推荐吕碧城为校长，并斩钉截铁："没有人比她更合适。"就这样，二十三岁的吕碧城，成为中国教育史上的第一位女校长。她管理的北洋女子师范学堂，走出过许多影响中国历史的女性，其中包括周恩来的夫人邓颖超，以及鲁迅的夫人许广平。

当你敢于对命运破釜沉舟，生活也不得不偏爱你一些。

吕碧城有美貌，更有才情，欣赏她的男子数不胜数，其中包括袁世凯之子袁克文、李鸿章之侄李经义。他们对吕碧城猛烈追求，吕碧城偏偏不为所动。别的女子或许要靠男人为生活添彩，吕碧城不需要男人，一样能活得精彩。

当一个女人有了让生活精彩的能力，便有资格孤标傲世。从出逃少女，到女校校长，她只用了三年，却从不依靠任何男人。爱情那么神圣，本就宁缺毋滥。

若说吕碧城从未有过爱情，倒也未必。被称为"寒云公子"的袁克文，一度几乎与吕碧城走到了爱情的边缘。作为袁世凯的儿子，袁克文显赫的家世自不必说，本人也是风度翩翩，一表人才，才华出众。没有哪个女人不渴望真正的爱情,即便一个人也能生活得很好,依然希望爱情能为生活锦上添花。

可惜,短暂的接触过后,吕碧城觉得:"袁属公子哥儿,只许在欢场中偎红倚翠耳。"对于男人,她要么不要,若要,便须只属于她一人。豪门怨妇,她见得太多,和一群女人争抢一个男人,她不屑。

有限的生命,应该用来思考快乐的事情。除了在女子教育事业的成就,吕碧城更是一个懂得如何取悦自己的人。她偏爱标新立异的着装风格,最喜欢洋装,尤其喜欢大幅孔雀的图案,有时头上还要插几支孔雀羽毛,甚至戴上一顶皇冠。

年少时的经历,让她变成一个"不好惹"的女人。吕碧城是有刺的玫瑰,只有这样才能更好地保护自己。即便是成名之后,她依然不在乎别人怎么看自己,将身上的锋芒毫不掩饰地展露出来。

当一个女人锋芒太盛,难免遭遇别人的不满。对吕碧城有过知遇之恩的英敛之,也渐渐开始反感她的行事风格。他在《大公报》上刊登了一篇题为"师表有亏"的短文,文章中虽然没有点名道姓,但"某校数名教习打扮妖艳,不中不外,招摇过市,有损师德"这样的文字,难免让吕碧城联想到自己。

对于这样的流言蜚语,吕碧城怎么可能默默容忍?她随即在《津报》上发表文章反击英敛之,并给英敛之写去一封几千字的长信,道出自己的种种不满,最后竟决绝地表示,以后再不登《大公报》的门。

她做到了,终其一生,再没有提过"英敛之"一个字。

老师严复也看不惯吕碧城的做法,批评她"心高气傲,举所见男女，无一当其意者"。

吕碧城并不在意这样的批评，她的确心高气傲，因为她有这样的资格。对方若不能接受真正的她，只能说明他们的缘分还不够深。

其实，严复对吕碧城的批评是不确切的。她并非谁都看不上，若是彼此对了性情，吕碧城便是个有情有义的女子。比如对待秋瑾，她们之间便有一段令人羡慕的友情。

秋瑾与吕碧城之间的缘分，源自"碧城"二字。这两个字曾经被秋瑾用作名号，当时"南北两碧城"被人们传为佳话。为此，秋瑾特意去拜会"北碧城"，两人一见如故，相谈甚欢。从此，秋瑾"慨然取消其号"，因为她觉得只有吕碧城才配得上"碧城"这个名字。

秋瑾遇难之后，许多人对其敬而远之，生怕遭受牵连。唯有吕碧城冒着生命危险，将秋瑾安葬。

或许，吕碧城的脾气有些怪。但她"怪"得仗义，"怪"得坦然。她从不是第二个谁，只是唯一的她自己。

最高级的悦己，是活成自己想要的样子

因为不满袁世凯政府的独裁专制，以及袁世凯的复辟野心，吕碧城毅然辞职，决定下海经商。

她将上海当作自己经商开始的地方。在十里洋场的上海滩，吕碧城的特立独行与奇特装扮，丝毫不显得夸张。凭借过人的胆识，以及优雅的谈吐、出色的社交能力，吕碧城只用了短短三年时间，就积累了不少的财富。

金钱并不能让吕碧城满足，她想要的，是见识更广阔的世界。她决定出国留学，去美国哥伦比亚大学攻读文学与美术。在国外求学期间，吕碧城还兼任上海《时报》的特约记者，将自己在国外的见闻写成文字，与国人分享。

学成归来之后，吕碧城只在国内短暂停留，之后便开始游历欧美。她将自己的半生经历凝聚于《欧美漫游录》（又名《鸿雪因缘》），先后在北京《顺天时报》和上海《半月》杂志上连载，获得了极其热烈的反响。

无论是为命运出逃,远赴异地谋生的无助女子,还是在报社工作的独立新女性,再到袁世凯总统府秘书、女子学校校长,最后成为一名商人,她将人生中的每一个角色都诠释得极其出色,当一个女人的生活足够精彩,爱情便早已不是必需品。

吕碧城最喜欢游历中国的名山大川,壮阔的景色总能激发她的无限灵感。她的许多诗词便是在游历的过程中诞生的。她不仅是词人,还是艺术家,甚至还成为服装设计师,经常为自己设计晚礼服。

用"腰缠万贯"来形容当时的吕碧城,毫不夸张。在出国留学之前,她连续三次给红十字会捐款,每一笔都是不小的数目。在那个年代,吕碧城已经拥有保护生态环境的意识,她的捐款都用来做这方面的宣传。

她不是那种倾尽身家做慈善的人,一面做着慈善,一面也要保证自己奢华的生活。在上海威海卫路与同孚路之间,吕碧城拥有一座豪宅,里面布置得富丽堂皇,西洋家具应有尽有,她甚至雇用了印度巡捕为她看门,出入都有汽车代步。

吕碧城的生活里,有太多诗和远方。在纽约旅行时,吕碧城下榻在当时号称世界第一的旅社,房租自然也是贵得惊人。国外的富豪顶多也只在这里住上六七日,吕碧城一住就是半年。

社交场合是吕碧城经常出入的地方,每一次参加宴会,她都要将自己打扮成最光鲜靓丽的那一个。英语说得不好,她就背后拼命学,除了英语,还学法语,直到能独自站在台上流利地演讲。

她不在乎花钱,却无比在乎这个世界的生态环境。1929年日内瓦国际保护动物大会上，中国没有派使节出席，一身盛装的吕碧城赫然端坐会上，代表的不是任何国家，只是她自己。

她在大会上第三个发言，用流利的英语回答别人提出的问题。她的优雅、端庄、自信与倔强，引起了世界各国媒体的关注。

十二岁那一年，吕碧城亲眼见过杀牛的惨状，从此以后不再吃肉。起初还吃鸡蛋，自从有了佛教法号之后，她便成了一名素食主义者。

也是在同一年，有吕碧城编撰的《欧美之光》出版，其中有很多关于动物权益的描述，流传甚广。

晚年信佛，并没有让吕碧城收敛一身锋芒。她推崇行善，从不作恶，却也从不委曲求全，任人摆弄。在世人眼中，她还是那个我行我素，看上去就"不好惹"的女人。

1943年，吕碧城病逝。她临终将自己的二十万元捐赠给香港东莲觉苑，并且在遗嘱中写明，不留尸骨，火化后将骨灰和面为丸，投在南海。

吕碧城的一生，拥有太多精彩。少女时期的遭遇时，或许带走了她一生的厄运，从那时起，她便开始一往无前。

当人们还在惋惜她一生没能赢得一段婚姻时，吕碧城却早已赢了人生。

胡蝶

明明有颜值,却偏要拼才华

亲情赋予的勇气，让她格外敢于去闯，敢为自己想要的东西打拼。于是，世人眼中的她，丝毫没有旧时女子的怯懦与忍让，她的言行举止，都表现出自信而开朗的个性。

寻找幸福是一种本能

在那个美容技术并不先进的时代,美人便是真正的美人。在众多美人当中,女明星胡蝶是个特别的存在。她没有夏梦那么美丽,也没有阮玲玉的精湛演技,却凭借天生的雍容端庄,以及一对甜美的酒窝,获得了万千影迷的喜爱,成为中国当时的电影皇后。

她的魅力是与生俱来的,整理《胡蝶回忆录》的刘慧琴曾说:"与胡蝶在一起,你永远不会感到拘束。"她左脸上的小酒窝,总给人一种朝气蓬勃的感觉。她的个性也是如此,健谈、风趣,和任何人都能相处得非常融洽,即便是八十岁的时候,也像个年轻人。

胡蝶的开朗活泼,似乎是从父母身上遗传来的。母亲常常谈笑风生,父亲则是一个性格开朗、喜欢开玩笑的人,他用自己的幽默,为胡蝶撑起了快乐的童年。

胡蝶小时候体弱多病,饭量很差。为了让女儿多吃一点,父亲特意买来各式各样的彩绘瓷器给胡蝶当餐具。每一件瓷器上,都有一个彩绘的故事。其实,故事本身并不特别,都是常见而又枯燥的才子佳人、父慈子孝、兄友弟恭之类。可这些故事从父亲口中讲出来，总能笑料百出。胡蝶最喜欢在吃饭的时候听父亲讲故事，听着听着，不知不觉就吃下许多饭。

她是父母唯一的孩子，他们将全部的爱都慷慨地给予她。胡蝶是幸运的，从小就是一个被爱环绕的孩子，这让她养成了一种习惯：无论现实环境多么恶劣，她总能找到幸福的生活方式。

胡蝶拥有的，是世界上最好的原生家庭。自从生下胡蝶之后，母亲便一直没能再怀孕。"不孝有三，无后为大"，那个年代如果不能为夫家延续香火，便被认为是一个女人最大的罪过。于是，在胡蝶八岁那一年，母亲执意让父亲纳妾，进入家门的新姨娘是位旗人。

二女共侍一夫，若是放在寻常人家，必定争风吃醋、钩心斗角，甚至打得不可开交。可是在胡蝶家里，他们却仿佛天生的一家人。新姨娘为父亲生了四儿一女，可胡蝶和母亲在家庭中的地位丝毫没被撼动，反而和几位兄弟姐妹相处得非常融洽。

新姨娘过门时，是带着自己的母亲嫁过来的。这位慈祥的长辈，成了胡蝶的又一个姥姥。这个姥姥对胡蝶无比疼爱，她会说一口漂亮的京白，并把这一口京白悉数教给胡蝶。

所谓京白，并不是北京普通话，而是京剧中的一种念白，有许多技巧在里面，很多从业多年的京剧演员都说不好。

胡蝶从影之后，多数时间都是这位姥姥陪伴在她身边，照料她的生活。姥姥教她的这一口纯正的京白，也在无声电影过渡到有声电影之后派上了大用场。

胡蝶仿佛就是人们口中的那个"天之骄子"，她美丽、开朗、拥有幸福和睦的家庭，上天仿佛将一切最好的事物毫不吝啬地赐给了她。众人的万般宠爱滋养了她的雍容端庄，也给了她追求自由人生的勇气。

20世纪初，电影是新生事物，人们对电影女明星的态度褒贬不一。喜欢的人，觉得她们引领了时代的新潮流；不喜欢的人，觉得她们就是"戏子""下三烂"，甚至将她们与"高级妓女"画等号。

1924年，胡蝶偶然见到中国电影学校的招生广告，立刻报了名。当胡蝶将自己想当电影明星的愿望表达出来后，全家人无一例外地表示支持，母亲只是简单地提醒了几句，让她认真演戏，踏实做人，洁身自好。他们的开明，能包容一切新生事物。只要胡蝶愿意，她做什么，家人都会赞成。

电影学校彻底将胡蝶打造成一名新女性，她学会了骑马，也学会了开车。当时根本没有汽车驾驶学校，胡蝶突发奇想，叫了一辆出租车，开到江湾郊区，她给了司机加倍的车费，司机稍加指点之后，胡蝶就学会了开车。

在父亲心中，从来没有重男轻女的观念。在他们的家乡广东鹤山，女性是不准进入祠堂的，名字也不会出现在族谱上。可当胡蝶成名之后，她的名字便赫然出现在族谱之上。在那个男女不平等的时代，胡蝶破例地享受到了男女平等的待遇。就连她自己都为此事吃惊不小。胡蝶曾说："由此我又知道，男女不平等，妇女受歧视是因为旧的眼光，总认为妇女是无能的。当妇女一旦在这个社会显示出自身的力量时，连最森严的礼教也都刮目相看了。"

在那个女子备受轻视的时代,胡蝶是唯一的例外。

亲情赋予的勇气,让她格外敢于去闯,敢为自己想要的东西打拼。于是,世人眼中的她,丝毫没有旧时女子的怯懦与忍让,她的言行举止,都表现出自信而开朗的个性。

既能爱得热烈，也能爱得精明

只要是胡蝶认定的事情，便会大胆去追求。对待事业如此，对待爱情也是如此。

从电影学校一毕业，电影《秋扇怨》便给了她一个角色，在电影中，胡蝶与男主演林雪怀饰演一对恋人。这是胡蝶人生中的第一部戏，也让她遇到了人生中第一段爱情。

她和林雪怀因戏生情，没过多久，这对银幕情侣在现实生活中成为准夫妻，他们订婚了。

那时的胡蝶，还是个对爱情满怀憧憬的少女。她坚信自己遇到了最好的爱情，也坚信他能牵着她的手，走入婚姻的殿堂。

可惜，在爱情上，胡蝶没有那么幸运。她的星途一路顺利，在电影界的名气越来越大，渐渐盖过了林雪怀的风头。在很多场合，别人都会把林雪怀称作"胡蝶的男朋友"，这让林雪怀的面子很挂不住，男人的尊严是受不起这样的轻视的。

林雪怀对胡蝶的情感，逐渐从爱变成嫉妒。他再也受不了别人将他和胡蝶比来比去，索性离开电影界，转行去商界发展。

胡蝶非常高兴看到林雪怀有了新的人生目标，她拿出自己的积蓄为他投资，帮他开了一家胡蝶百货商店。

或许林雪怀天生就不是经商的材料，没过多久，百货公司生意失败，烂摊子还没有收拾好，林雪怀便拿着胡蝶的钱去投资酒楼、照相馆，又遭遇了接二连三的失败。

他将生意失败的怒火一股脑儿撒在胡蝶身上，觉得是胡蝶抢走了自己的好运。一气之下，他开始背着胡蝶和妓女厮混，甚至连出去找女人的钱，都是胡蝶的。

胡蝶的事业越成功，林雪怀便越觉得自己人生黯淡。在胡蝶面前，他挺不起腰杆，这样失衡的感情，注定已经走到分手的边缘。于是，林雪怀主动提出和胡蝶解除婚约。这毕竟是胡蝶的第一段情，她舍不得，彻夜未眠，写下一封长信，希望能和林雪怀重回当初。

或许在提出分手的那一刻，林雪怀便期待着胡蝶的挽留。他并非舍不得这段情，而是希望能借此机会好好地践踏胡蝶的尊严，找回他丢失的自尊。可以想象，收到胡蝶的长信，林雪怀一定是扬扬得意的。紧接着，他便写下一番无比决绝的话，彻底将胡蝶赶出自己的生活。

爱情在时，她愿意轰轰烈烈；爱情不在，她也决不再痴情。欠我的，统统还给我。

胡蝶同意和林雪怀解除婚约，但是她用来给林雪怀投资门市、酒楼的钱，统统都要收回，就连林雪怀撑面子用的那辆车，也要算清楚。这一下，林雪怀彻底慌了，他希望胡蝶能够回心转意，可她已经再也不会原谅。

　　他们的分手，闹得很不愉快，一场官司断断续续打了两年，闹得满城风雨。好在，他们还是干干净净地断了。婚约解除之后，胡蝶干脆换了家电影公司。既然爱情没有回报，那就将精力全部投入事业。

　　她永远不会允许自己像阮玲玉那样在错误的爱情中沉沦，逼自己走上绝路。以胡蝶的洒脱，一条路走不通，那就换一条；爱错了一个人，那就换一个。

就算被命运捉弄，也可以再好好活

值得庆幸的是，胡蝶并没有在错误的人身上浪费青春。1929年，二十一岁的胡蝶遇到了潘有声。这正是一个女人最好的年龄，如花年华，她即将与一段真正的因缘不期而遇。

一次参加朋友的私人舞会，堂妹将潘有声介绍给胡蝶认识。一个是做茶叶生意的老板，一个是蒸蒸日上的女明星，看起来多么熟悉的一对组合，与阮玲玉和唐季珊的身份如出一辙。不同的是，阮玲玉因为遭到唐季珊抛弃，香消玉殒；胡蝶则被潘有声捧在掌心，荣辱与共。

潘有声请胡蝶跳舞，一曲终了，爱火早已点燃。舞会结束前，潘有声提出送胡蝶回家。快到家门口时，胡蝶突然问了一句："潘先生，我不漂亮吗？"潘有声一时怔住了，不知如何作答。胡蝶却笑呵呵地说："你是唯一见了我后没有夸我漂亮的男士。"

潘有声解释得语无伦次，胡蝶却已经认定这个憨厚的男人将是自己未来人生中最重要的人。

几次接触之后，胡蝶更认定自己的想法。潘有声虽是商人，却一派书生气。他是个正经干事业的人，做事踏实，对人诚恳。不过，潘有声已有妻女，可是为了胡蝶，他与妻子分了手，将一颗心全部交给胡蝶。

影视圈的女子，难免浮华，胡蝶却是例外。她从不奢求大富大贵，只希望遇到真心人，过平淡快乐的日子。

潘有声算不上大商人，却很有上进心。他从最普通的茶叶部雇员做起，不到一年，就成为洋行总经理。即便如此，他依然低调、内敛，从他的身上，胡蝶能找到踏实的安全感。

相恋六年，足以让胡蝶完全了解潘有声的为人。二十七岁那一年，胡蝶成为潘有声的新娘。她穿着洁白的婚纱，上面缀满了蝴蝶。出席婚礼的所有人都看到胡蝶笑得那样开心，美得仿佛仙女。

婚后的生活，让胡蝶体会到了什么叫作平凡的快乐。她愿意把更多的时间花在家庭里，于是逐渐淡出影坛，每年只拍一两部电影，其余时间都用来享受家庭的温暖。

1937年，七七事变爆发。胡蝶随潘有声去香港避难。1941年，香港沦陷，一个日本人登门造访，邀请胡蝶前往东京拍摄一部名为"胡蝶游东京"的纪录片，宣扬所谓的"中日友善"。她决不能充当卖国贼，但也没有和日本人撕破脸。聪明的胡蝶对日本人撒了谎，说自己刚刚怀孕，等分娩以后再说。

这个谎言的确骗过了日本人，但为了长远打算，香港不宜久留。胡蝶委托朋友将行李运往内地，她和潘有声则空手逃往重庆。可是刚到重庆，他们便得知一个噩耗：那整整三十箱行李在半路上不翼而飞了，里面装满了值钱的东西，胡蝶伤心欲绝，只好四处求人寻找，竟辗转求到戴笠头上。

时任国民政府军统局局长的戴笠，是蒋介石面前的红人，也是胡蝶的头号影迷。见到胡蝶主动上门，戴笠自掏腰包，按照胡蝶列的清单，将那三十箱物品一样不差地又买了一份。戴笠的用心，明眼人一看就明白。胡蝶本想拒绝，却害怕戴笠的威势，只得收下。

从此，胡蝶便再无安稳日子可过。先是潘有声被无缘无故抓走，心急如焚的胡蝶只得求戴笠营救。这本就是戴笠自导自演的一出戏，既给了潘有声一个下马威，又让胡蝶欠他的人情。

潘有声的确很快被释放了，但必须遵照戴笠的要求，一个人远赴云南去做运输生意。潘有声知道，把胡蝶一个人留下来，将会意味着什么，可他别无选择。

整整三年，一对恩爱的夫妻被迫分隔异地。戴笠要求胡蝶和潘有声离婚，他们将离婚的地点约定在上海。

或许是上天不忍心拆散一对真情人，就在两人即将办理离婚之际，因为飞机失事，戴笠命丧黄泉。那一刻，胡蝶与潘有声仿佛在梦中，许久才终于惊醒。胡蝶终于可以无所顾忌地扑进爱人的怀里，那一刻她号啕大哭，将三年来所有的屈辱借助泪水宣泄出来。

如同获得新生，他们带着孩子一同回到香港，彻底逃离这个悲伤的城市。在香港，他们重新开始，在胡蝶的协助下，潘有声开了一家暖瓶厂，经营"蝴蝶牌"热水瓶。这仿佛寓意了未来的日子是有温度的，是一个温暖的开始。

这三年的点滴，潘有声一概不过问。他是聪明的，也是善良的。他知道，自己在承受屈辱的同时，他的妻子同样伤痕累累。心头的伤疤经不起揭开，他希望她快乐，就像从前一样。

对于潘有声的大度与宽容，胡蝶心存感激。她说："过去的奋斗、光荣和屈辱均已过去，今后的日子要守着潘有声来好好'消磨'。"

这三年的遭遇，换来了六年的好运。潘有声在生意场上如鱼得水，给了胡蝶最想要的安稳。

幸福来之不易，他们倍加珍惜。任何事情都不值得他们争吵，只要两个人还在一起，日子就是美好的。

可惜，幸福的日子，仿佛是有定数的。六年后，潘有声患上肝癌，无法医治。弥留之际，潘有声气若游丝地对胡蝶说："我今生今世能够与你相亲相伴这些年，已经非常满足了。唯一遗憾的是，这一切来得早了一些，我这辈子是一个没有太大出息的男人，没有给你带来太多的幸福。"

泣不成声的胡蝶，在潘有声离世之后，改了自己的名字。她冠了他的姓，用了父母给的乳名。"潘宝娟"，是她在这个世界上一个全新的身份，代表着她对亡夫的怀念。

1975年，胡蝶移居加拿大。白天，儿孙都出去工作、读书，留她一人在家，想找个人说话都难。她索性搬出来自己住，在一处靠海的公寓落脚。有人问她，昔日喧闹的日子过惯了，如今不觉得寂寞吗？她答："当了十几年演员，也习惯了自己是个演员。"

　　退出影坛的她，只不过告别了演员的身份，但在人生的舞台上，她还要继续扮演自己。

董竹君

离开错的人,才算是成全自己

董竹君是独立女性的代表,她的使命,是带动更多女性过上独立的生活。为此,她又开办"锦江茶室",清一色知书达礼的女性当服务员。她们在董竹君这里学会了自立的能力,拥有了独立的人生。

获得新生，必须忍受涅槃的疼痛

有的人一出生就大富大贵，一生顺遂；有的人天生困顿，每走一步，都要历尽坎坷。我们永远都无法选择自己的出身，却可以掌控未来的命运。即便生下来就握着一副"烂牌"，也能成为人生赢家。

繁华的上海，有一个名叫董竹君的传奇女子。生于乱世的她，不是天生的公主，却硬是凭借自己的努力，成为高贵的"女王"。

1900年，董竹君出生在上海一户贫苦人家里。父亲是个拉黄包车的车夫，母亲靠给富人家做用人补贴家用。穷人家的孩子，连个正经名字都没有，董竹君的乳名叫"阿媛"，父母和邻居总是亲切地唤她"媛媛"。小时候的董竹君，是个十足的美人坯子，一副聪明伶俐的模样，大家偶尔也会唤她"小西施"。

她并不是家中的独女，还有一对年幼的弟弟妹妹。在社会最底层挣扎的穷人，满足温饱尚且吃力，若是生病，便只能听天由命。董竹君就这样亲眼看着弟弟妹妹因为没钱治病而夭折，成为家中独苗的她，得到了父母加倍的疼爱。

穷人家的孩子,父母能给予的最大宠爱,便是省吃俭用供她读书。董竹君喜欢去私塾,那里会暂时让她忘记生活的贫困。有书可读的日子,是董竹君童年为数不多的快乐回忆。

然而命运似乎不愿意给这个家庭太多的馈赠。没过多久,父亲染上了伤寒,不但不能出去拉车赚钱,还需要大笔的费用医病。屋漏偏逢连夜雨,母亲也几乎同时被东家辞退,一家三口突然失去了生活来源,董竹君不得不告别心爱的学堂,辍学回家。

父亲的医药费让一家人入不敷出,母亲却作出了让董竹君不理解的决定。她四处求人借钱,把董竹君送去学京戏。面对女儿的疑问,母亲的眼神有些闪躲,她含糊其词:"你学吧,先别管。"

董竹君很快就知道了答案。原来,为了活下去,父母只能选择最下策,将她抵押到堂子里,做三年"清倌人"。

所谓"清倌人",便是只卖艺不卖身的妓女。董竹君生活的地方,有许多窄窄的胡同。在那些胡同的深处,坐落着许多堂子。董竹君从小就听说,那些"清倌人"永远生活在见不到阳光的角落里。偶尔,她也能听到咿咿呀呀的京戏声,但更多的,是男人们调笑的声音。她从未想过,自己竟然也会成为她们中的一员。

她在堂子里的名字叫"杨兰春",那一年,董竹君还不到十四岁。在晚年的回忆录里,董竹君记录了自己第一次拍照片的情景:"照相那天,好像是端午节,我戴上自己最喜欢的一对碧绿色的翠玉耳环,穿一身当时最时髦的黑纱透花夹衣裤,将头发梳成最时兴的刘海剪刀式,手腕子上戴了一对水金花式的金镯子,漂漂亮亮地去到时芳照相馆，然而我的心情却是那样的沉闷。"

进入堂子，就等于掉入了脂粉丛。董竹君呼吸的空气里，都充斥着甜腻的脂粉气。那里的确见不到阳光，即便是大白天，一样像夜晚一般昏暗。她没有机会独自走出堂子，无论去哪里，身边都有人"照顾"着。不需要伺候客人的时候，董竹君偶尔会望着家的方向。在昏暗的青楼度过三年，对于她刚刚开启的人生，显得那样漫长。

为了博取客人的欢心，青楼女子必须卖笑。董竹君却笑不出来，一副"冰美人"的模样，反而让她很快出了名，成了青楼里最受欢迎的摇钱树。

这是董竹君最不希望发生的事情。她知道，一旦成为青楼的"头牌"，便再也没有脱身的机会。老鸨是无论如何不会把摇钱树放走的，她们会榨干她身上最后一滴血，直到她年老色衰，再也无人问津为止。

一个英雄，在董竹君最需要的时候，降临她的生命。他叫夏之时，是革命英雄，年仅二十四岁便担任四川副都督兼蜀军司令。他仪表堂堂，才华横溢，温柔善良，如同一缕阳光，照进董竹君的生命。

夏之时一眼就看出董竹君的与众不同，他总是教导她要认真读书。董竹君也看出，夏之时和别的客人不一样，他不是为了找姑娘来的，每次来青楼，他只和几个朋友一起讨论着什么，看上去好像都是重要的事情。董竹君回忆当时的情景，说道："我更细心地观察夏爷了，见他身材高壮、肤色白润，额宽、眉清目秀，两眼炯炯有神，神态英俊，性格豪爽，自此我就更加爱慕他，并留心夏爷是不是真心爱我，对镜自照，暗自喜欢，以我的相貌是应当配一个爱国英雄的。"

他提出为她赎身，她坚决拒绝。董竹君告诉夏之时："我自己会想办法逃出去的，不用你花钱。以后我和你做了夫妻，你一旦不高兴的时候，也许会说'你有什么稀奇的呀！你是我拿钱买来的！'那我是受不了的。"

她要堂堂正正成为他的妻子，和他在一起之前，她要约法三章：第一，坚决不做小老婆；第二，带她到日本学习；第三，成家后，共同经营家庭，男主外，女主内。

夏之时答应了，董竹君也真的凭借自己的机智脱身。她先是装病拒绝卖唱，老鸨一气之下把她关进一栋小楼。她借口要吃水果，支开了所有人，然后脱去身上的华服，摘下金银珠宝等首饰，只穿一身素衣，清清白白逃离。

奔赴夏之时身边的一路上，董竹君觉得"一直被束缚在身心上的什么东西全部解除了！能向天空飞翔似的浑身轻松，乐开了花一样。这是我第一次对自由的体会，永难忘怀！"

离开谁，都能精彩过一生

1914年，十五岁的董竹君和二十七岁的夏之时结婚了。那一天，夏之时穿着一身笔挺的燕尾服，董竹君身着法式婚纱、白头小皮鞋，一脸幸福的模样。夏之时的革命党朋友都出席了婚礼，他们称赞夏之时和董竹君是"文明结婚"。

谁说青楼女子不能收获真正的爱情？董竹君偏要向全世界证明，卖唱女，也能过上幸福的人生。

婚后不久，董竹君追随夏之时去日本留学，就读于东京女子高等学校。婚姻的最初总是甜蜜的，然而相处一段时间之后，董竹君却发现，夏之时身上曾经最吸引她的那些东西，渐渐变得令她无法接受。

夏之时是典型的大男子主义，他并不希望董竹君去学校上课，也不喜欢她和朋友过多交往。他索性让她退了学，并为她聘请一位家庭教师，让她在家里学习。

他们在日本生活了四年，董竹君学完了高中四年的课程。并且，他们拥有了爱情的结晶，大女儿夏国瑛便是在那时出生的。

夏之时有公务临时需要回国,临行前,他交给董竹君一把枪,说是用来防贼。不过,他随后特意强调,若是董竹君做了对不起他的事情,就用它自杀。

原来,所谓爱情,竟这样毫无信任。或许从内心深处,他还是轻视她曾经是青楼女子的身份吧。更过分的是,因为不放心董竹君,夏之时特意让在上海南洋中学读书的四弟来日本。名义上,四弟是来陪二嫂读书;实际上,是肩负着监视董竹君一举一动的使命,以免她红杏出墙。

她想去法国留学,夏之时坚决不肯,执意让董竹君跟她回四川。她虽无奈,但还是跟他回去了。可是等待她的,却是更深的侮辱。夏之时的革命党朋友们,瞧不起这位青楼出身的军官太太,他们看她的眼神带着嘲讽,背地里谈论起她:"一介青楼女子能念好书?不过就是传宗接代的工具。"

夏之时的家人更是接受不了青楼女子成为儿媳,尤其是夏之时的母亲,公然放话:"一个卖唱的只配当姨太太罢了,况且嫁给我们这种大户算怎么回事?你赶紧给我娶个正房回来!"

在夏家人眼里,她是地位低贱的"偏房",哪怕她做得再好,也可能随时被"休掉"。为了女儿,为了曾经的爱情,董竹君默默忍耐着。白天,她忙着做家务,缝纫、烧菜、洗衣,招待客人,算账,将家里收拾得一尘不染、井井有条;晚上还要挑灯奋战,读书看报,学习知识,累得两眼红肿。

如此操劳,就是为了让别人挑不出她的错处。就连当初轻视她的那群革命党人都不禁交口称赞，对夏之时说："你们家前面琅琅读书声，后面一片织机声，真是朝气蓬勃，好一个文明家庭。"

可是婆婆总是极尽苛刻之能事，处处与她作对。在夏家没能站稳脚跟的董竹君，只能委曲求全。

董竹君最不能容忍的，是夏之时的重男轻女。她生了四个女儿，夏之时一个都不疼。她想让四个女儿接受教育，夏之时却觉得女孩子读书无用。他们开始吵架，吵得不可开交。

当时四川的革命形势不容乐观，军阀混战，夏之时不愿蹚浑水，于是在家隐居。四川的大户人家都有抽鸦片的陋习，夏之时也渐渐染上，脾气越来越大，也越来越不爱出门。

董竹君过够了依靠丈夫生活的日子，她坚信自己有赚钱的能力，于是提出想要自己做生意。夏家向来重视脸面，哪能容忍少奶奶抛头露面经商？这一次董竹君决不妥协，夏之时拗不过她，只得出钱为她开办"富祥女子织袜厂"和出租黄包车的"飞鹰公司"，赚了一些小钱。

董竹君的人生，开始蒸蒸日上，而夏之时却开始走下坡路。对鸦片的沉迷，让他仿佛变了一个人，甚至在董竹君即将临盆的时候，对她大打出手，原因荒谬得可笑：只因她没有陪他打麻将。

偶尔清醒时，夏之时也会反思，反思到最后，就变成了抱怨。他曾对好友戴季陶说："我家搞成这样，说到底是我没用。我有一个朋友，他自己在外面混得一塌糊涂，一点社会地位都没有，但他家中有五个老婆。这五个老婆在外面都是母老虎，到了家里都老老实实的，从不敢跟丈夫吵一句。我呢？大小也算是个四川名人，家里却一团乱。家里本来是月月吵架，后来是周周吵架，现在干脆是天天吵架，日子真的没法过下去了。"

戴季陶笑着说："其实，如果你娶的是一个四川本地的名门淑女，就不会有这样的事情！"

归根结底，他们认定自己没错。唯一的错误，便是娶错了人。

于是，对董竹君的父母，和他们的四个女儿，夏之时选择了轻慢对待。在董竹君心中，夏之时再也不是当初那道光，他开始变得暗淡，甚至逐渐黑暗。董竹君觉得他们之间的夫妻情感越来越走向破裂了。他曾是她的英雄，可当英雄落寞，竟然也能如此不堪。

1928年，夏之时因为生病，需要去上海治疗。他独自前往，留在四川的董竹君，则已经开始酝酿一场"出逃"。她将黄包车和纱厂两处生意变卖，带着四个女儿一个儿子，以及自己的父母，离开了四川。

督军夫人离家出走，震惊了整个四川。很多人将这件事当作茶余饭后的笑料，夏之时被气得双手发抖。

董竹君也来到上海，想留在这里打拼，夏之时则坚决反对。一番争执之后，董竹君占了上风。夏之时同意让她留下，唯一的条件，是他必须带走他们唯一的儿子。

夏之时曾不止一次写信劝董竹君回四川，董竹君却打定主意，再也不要回到那座囚笼。最后，夏之时专程赶到上海，要和董竹君好好谈谈。董竹君回忆道："当时他在楼下，我准备下楼去。突然我觉得双腿无力，浑身颤抖，我明白这是最后摊牌的时间了。从此以后，我就只能自己一个人带着孩子们讨生活了。"

她的倔强令他愤怒，他甚至讥讽地说道："如果你董竹君也能在上海成功，我就用我的手掌煎条鱼给你吃。"

丈夫的羞辱，让她留在上海的念头更加坚定。虽然已身为五个孩子的母亲，但事业这件事，什么时候都可以从头开始。

起初，董竹君的生意开展得非常不顺利，赔了许多钱。那段时间，家里的很多东西都被她当掉了。夏之时得知以后，反而停止了给她们钱款，就是想趁机逼迫她们回家。

董竹君咬着牙挺过去了。分居整整五年，夏之时再次来到上海。一抹讥讽，挂在他的嘴角。刚一见面，他就迫不及待地问道："几年不见，事业有什么成就？"董竹君知道他是来看笑话的，更知道这段婚姻再也没有维持下去的必要。

女人最大的安全感来自事业，而不是男人

对于离婚后的生活，董竹君的要求不高。她要求夏之时能够按月支付孩子们的抚养费，如果她意外离世，希望夏之时能够培养女儿到大学毕业。可夏之时并没有做到。

结束了婚姻，董竹君终于迎来精神的自由。但与此同时，她的经济也陷入了困境。夏之时依然是嘲讽的语气："五年后，你若是生活过不下去了，还可以回来找我。"但她的倔强，不容许自己回头。

她是不怕吃苦的，为了自由，她甘愿抛弃荣华富贵。幸运的是，董竹君的勇气打动了她的朋友李嵩高。他为她投资两千大洋，董竹君用这笔钱创办了锦江川菜馆。

董竹君的商业头脑终于派上了用场。她将餐馆选在市中心大世界附近的华格臬路上的一幢单开间。饭馆的门前，便是宽阔的马路，门前大片的空地方便停车，非常吸引上层阶级的客人来吃饭。

她的饭店越来越红火，就连青帮大佬杜月笙和美国喜剧大师卓别林来这里吃饭，都必须按规矩排队。

董竹君是独立女性的代表，她的使命，是带动更多女性过上独立的生活。为此，她又开办"锦江茶室"，清一色知书达理的女性当服务员。她们在董竹君这里学到了自立的能力，拥有了独立的人生。

1937年，日军全面侵华。董竹君的锦江川菜馆成为许多革命志士的避难所。她把开饭馆赚来的钱捐给抗日前线，还创办《上海妇女》杂志，专门为女性发声。

郭沫若困居上海期间，他的饮食全部由锦江川菜馆照料。为此，郭沫若还称赞董竹君为一饭救韩信的"漂母"，还专门写诗表达谢意："患难一饭值千金，而今四海正陆沉。今有英雄起巾帼，娜拉行踪素所钦。"

随着战事吃紧，日本人开始对董竹君威逼利诱。为了不当叛徒，董竹君带着女儿逃往菲律宾，却不幸赶上太平洋战争。

辗转多年，当她再次回到上海，抗战已经胜利。1957年，董竹君当选为全国政协委员，锦江饭店成为国家接待外宾的食宿场所。

在那段特殊的历史时期，董竹君一度不幸入狱，但在监狱中，她也活出了最昂扬的姿态。每天，她要在监狱内小跑锻炼身体，为了空气好闻一些，她把香皂放在枕头下。哪怕身处最艰苦的环境，她也始终坚信生活是美好的。这便是董竹君的精神信仰，让她活出最高贵的模样。

蒋碧薇

爱情与金钱,总要有一样

她就是这样骄傲的女子，从不让自己爱得卑微。她想要很多很多的爱，如果没有，很多很多的钱也是好的。但是，晚年的蒋碧薇，拒绝张道藩的任何资助，靠着徐悲鸿给的分手费生活。徐悲鸿的画，她陆陆续续卖掉一些，唯有那幅《琴课》，她始终挂在卧室里，舍不得卖。

爱情一旦拥有，便已开始凋谢

许多爱情，都有一个轰轰烈烈的开场。若是说哪一种爱情最令旁观者热血沸腾，想必就是勇敢的女子义无反顾与心上人私奔，就如同夜奔的红拂女，还有与穷文人司马相如私奔的富家女卓文君。

或许是受到这些女子的鼓励，十七岁的蒋碧薇也在酝酿一场私奔，她要与之私奔的那个人，便是日后在世界画坛声名显赫的艺术大师——徐悲鸿。

其实，私奔之前，她还不叫蒋碧薇，而叫蒋堂珍，是江苏宜兴一家名门大户的女儿。她的父亲蒋梅笙满腹经纶，在家乡创办了一所小学。那里也是蒋碧薇启蒙的地方，从小她便跟着父亲在小学里读书识字。

十三岁，到了女孩儿谈婚论嫁的年纪。若是女儿大了还没有婆家，父母会被人嘲笑不负责任。为了负责任，蒋碧薇的父母将她许配给苏州名门望族查家，她未来的夫婿，是查家二公子查紫含。

那时的徐悲鸿，还只是个有着精湛画功的穷教师。他比蒋碧薇年长四岁,年龄上合适,却绝不是门当户对。

徐悲鸿的家乡也是江苏宜兴,1916年,因为受到上海仓圣明智大学校长赏识,得以留下任教。蒋梅笙当时恰好被上海复旦大学聘为教授,同乡加上旧识的双重关系,让徐悲鸿与蒋梅笙有了频繁的往来。

蒋梅笙十分欣赏徐悲鸿的艺术造诣,徐悲鸿身上,有一种勤奋好学的执着劲头,再加上天生的器宇不凡,让蒋梅笙对他越发赏识。于是,徐悲鸿成了蒋梅笙的座上宾,经常在蒋家出入,与蒋碧薇的邂逅,成了水到渠成的事情。

徐悲鸿初见蒋碧薇,便惊为天人。她身材高挑,朝气蓬勃,因为接受过西方教育,言谈举止落落大方。蒋碧薇眼中的徐悲鸿,清秀儒雅,有着艺术家的气质,这样的男人,最吸引年轻的女子。他们不知不觉让对方住进了自己的心里,却并不敢轻易挑明。

蒋碧薇是订了婚的女子,徐悲鸿虽单身,却也是结过婚的男人,还曾经有过一个孩子。虽然妻子和孩子先后因病去世,但这样的身世与背景,徐悲鸿绝不是蒋碧薇父母心仪的女婿人选。

当两颗心开始渐渐靠近,外界的约束便显得脆弱不堪。刚好查紫含在学校闹出考试作弊的丑闻,这等于上天把一个退婚的理由拱手送到蒋碧薇面前。"做学问弄虚作假,举一反三,做人方面还不知道糟成什么样!"这是蒋碧薇对查紫含的评价,她心中的那个天平,早已偏向极具天赋又勤奋的徐悲鸿。

在爱情面前,勇敢的不止蒋碧薇一人,徐悲鸿同样不怯懦。他大胆开口:"假如现在有一个人,想带你去外国,你去不去?"

原来，徐悲鸿当时有个留学日本的机会，便鼓足勇气邀请蒋碧薇前往。被心爱的人表白，是少女最大的幸福，蒋碧薇脱口而出道："去！"

私奔之前，蒋碧薇写下"遗书"，谎称要自杀，就这样不见了踪影。蒋梅笙明白女儿的心思，纵然气得发抖，却也只能对外谎称女儿暴毙。为了避免查家追究，蒋家甚至买来棺材，装上石头，上演了一出"风光大葬"的闹剧。

当家里正忙着收拾蒋碧薇留下的烂摊子，她早已开始享受徐悲鸿给予的浪漫。

徐悲鸿早就定做好一对戒指，一只刻着"悲鸿"，一只刻着"碧薇"。他把刻有"碧薇"的戒指戴在手上，当有人问起，他便幸福地回答："这是我未来太太的名字。"别人若追问他太太是谁，他便笑而不语。

"碧薇"是他给她取的新名字。"初见时，碧水蓝天，微风轻拂，你就叫碧薇好了。"一个新的名字，寓意着爱的新生。在他们的想象里，未来充满着美好。

抵达日本，迎接他们的是拮据的生活。徐悲鸿天赋异禀，却寂寂无名。尽管如此，他还是迷上了仿制原画，哪怕入不敷出，也要疯狂买画。出国时，他们身上带着的两千块钱，不到半年就花光了。

虽然生活拮据，好在爱意尚未消减。她是他最好的模特，为他提供了充足的艺术灵感。徐悲鸿为蒋碧薇画了大量的画，蒋碧薇最喜欢的便是那幅《琴课》。画中的她，露出姣好的侧颜，身姿袅娜，手拨弄着小提琴，一派岁月静好。

养尊处优惯了的蒋碧薇，开始学习勤俭持家，甚至还要做一些手工活补贴家用。从家里带出来的首饰，很多都送去当铺换了钱。为了生存，她甚至曾经想过去做女工。

马赛尔·普鲁斯特在《追忆似水年华》中说："任何一样东西，你渴望拥有它，它就盛开，一旦拥有它，它就凋谢。"他所描述的，像极了蒋碧薇和徐悲鸿的爱情。

熬出来的婚姻，是掺了砒霜的糖

1919年，徐悲鸿在康有为的帮助下去法国留学。欧洲是徐悲鸿的幸运地，在那里，他的绘画功底和社会名望都有了显著提高，可他们的生活，依然还要靠精打细算度日。

在巴黎时，蒋碧薇喜欢上了商场中的一件风衣。那是他们付不起的价格，蒋碧薇只能放弃。徐悲鸿知道后辛苦作画，存到一千元时，立刻去商场买下那件风衣。穿上风衣的那一刻，蒋碧薇激动地哭了。在娘家时，她从不缺吃少穿，却直到这一刻，才从一件衣服上感受到幸福的滋味。

当时的男人流行戴怀表，徐悲鸿舍不得买，蒋碧薇从牙缝中省出钱来，给他买了一块怀表。在艰难中，他们相濡以沫，以为这就是幸福原本的模样。可有一种甜蜜，酝酿得太艰难，到头来就成了苦涩。

欧洲深造之后，徐悲鸿声名日隆。他接受中央大学的聘请，担任美术教授，他们的经济状况也随着徐悲鸿艺术造诣的不断加深而日渐好转。

1932年，徐悲鸿在南京盖了一幢属于自己的别墅——傅厚岗4号徐悲鸿公馆。此刻的蒋碧薇，成了绝大多数女人最羡慕的那种女人：住着豪宅，拥有可爱的儿女、幸福的婚姻、事业有成的丈夫。她再也不需要做女工或典当首饰来补贴家用，大部分的时间，蒋碧薇都是捧着茶杯坐在客厅或花园的长椅上享受生活。

他们是共患难的夫妻，却也落入无法共富贵的爱情俗套。

徐悲鸿变得越来越"忙"。他一心扑在艺术上，对曾经深爱的妻子变得越来越冷淡。在蒋碧薇眼中，"悲鸿只爱艺术，不爱我了"。这便是她多年以后总结出来二人分手的原因。她说："（私奔之前）我们从来没有单独在一起，因为在我那种守旧的家庭里是绝无可能的，我们也从来没有交谈过一句话，即使有偶然的机会，我和他都会尽量地避开。"

当初，她那样义无反顾地投入一段爱情，却并不知道现实中的婚姻，需要太多东西来支撑，比如共同的人生观与价值观，比如相似的成长背景。

徐悲鸿为别墅取名"危巢"，寓意"居安思危"。蒋碧薇却觉得这个名字十分不吉利，坚决反对。九一八事变之后，徐悲鸿在画中呈现了夏桀统治下大地干涸、寸草不生、百姓贫瘠、耕牛瘦弱的场景。他将这幅油画取名《徯我后》，画中人人仰望天空，期待英明君主的解救。这幅画被挂在中央大学礼堂，人们说徐悲鸿是在借古讽今，攻击政府。蒋碧薇劝说徐悲鸿不要蛊惑人心，徐悲鸿却大笑道："这正是我作画的目的。"

争吵，便是从那时开始的。蒋碧薇只想安稳度日，守住好不容易得来的繁华；徐悲鸿却想在乱局中成就自己，渴望在政治上扬名。他们本就不是一种人，只是因为被猝不及防的爱情蒙住了双眼，看不清真实的彼此。

爱情一旦有了裂缝，便会有人乘虚而入。徐悲鸿爱上了一个名叫孙韵君的女学生，在众人面前，他毫不掩饰地称赞她的才华，甚至有时在课堂上，他只指点她一人。他们之间的师生恋，在校园里传得沸沸扬扬。徐悲鸿毫不在意，把当年对蒋碧薇做的那一套如法炮制，用在孙韵君身上。他定做了两枚红豆戒指，一个刻着"慈"，一个刻着"悲"，并且，他给她取了新的名字——"多慈"。

孙多慈与蒋碧薇，是两种截然不同的女子。蒋碧薇大气率真，孙多慈温柔婉约。在徐悲鸿心目中，后者是更有魅力的。一个人的爱是有限的，给这边多了，那边就少了。

蒋碧薇的眼里揉不得沙子。徐悲鸿曾和孙多慈一同赏月，回来后，他便画了一幅《台城夜月》，蒋碧薇毫不客气地搬走了；孙多慈送了一百棵树苗给徐悲鸿，蒋碧薇一把火烧掉，之后去孙家找孙多慈的父母去闹。她不在乎世人说她泼辣，只想捍卫属于自己的婚姻。

徐悲鸿从未见过蒋碧薇这副模样，这让他的情感更加偏移到孙多慈一边。为了安抚孙多慈的父母，他在《广西日报》上刊登了一则启事："鄙人与蒋碧薇女士已脱离同居关系，彼在社会上的一切事业概由其个人负责。"

二十年甘苦与共，当日子由苦转甜，她却成了非法同居者。

绝望的蒋碧薇，采取了最决绝的报复。她不是没有人爱，一个名叫张道藩的人已经苦苦追求了她多年。早在1921年，蒋碧薇与张道藩在欧洲相识。蒋碧薇的风姿，令张道藩倾倒，他毫无顾忌地展开了热烈的追求。

虽然张道藩多次示爱，甚至从意大利给蒋碧薇寄了一封求婚信，但蒋碧薇还是拒绝了。那时的徐悲鸿，已经对她鲜少温存，她却还是克制住自己的情感，理智地回了一封长信，劝张道藩忘记自己。

失望的张道藩，很快便结了婚。可他的一颗心还是系在蒋碧薇身上。得知她和徐悲鸿分居，当时正在国民党政府任职的张道藩立刻见缝插针，殷勤备至地对待自己的女神，终于俘获了蒋碧薇的芳心。

那一边，徐悲鸿的情事并不顺利。孙家反对徐悲鸿和孙多慈的恋情，为此，孙家甚至举家搬迁，派人日夜监视孙多慈，不让她踏出家门半步。徐悲鸿不死心，找上门来，孙父勉强同意他们见面，但必须有人监视。

他们见面的地点，定在安庆的菱湖公园。因为有旁人在场，两人纵有满腹情话，却一句都说不出口。临别时，孙多慈伏在徐悲鸿肩上，泪如雨下，徐悲鸿也忍不住落泪说道："这可能是最后一次见面了。"

孙多慈在父母的安排下很快便嫁了人，蒋碧薇也带着孩子离开徐悲鸿。她临走时留下话："假如你和她决裂，这个家的门随时向你敞开。但倘若是因为人家抛弃你，人家结婚了或死了，你再回到我这里，对不起,我决不接收。"

她斩钉截铁地拒绝了徐悲鸿六次祈求,坚决不肯与他复合。她拒绝得痛快:"我这不是废品回收站。"

爱要不顾一切，恨要酣畅淋漓

1942年，四十七岁的徐悲鸿爱上十九岁的廖静文。蒋碧薇得知后，建议廖家人出面阻止。廖静文无法承受家人的逼迫，留下一封信给徐悲鸿，决定斩断情丝。看到廖静文的信，徐悲鸿疯了一般找到廖静文，告诉她，自己和蒋碧薇已经没有任何干系了，只要能和她在一起，蒋碧薇要什么，他都会满足。

为了表明自己的诚意，徐悲鸿再一次登报声明，称自己和蒋碧薇早已解除非法同居关系。

此举彻底惹怒了蒋碧薇。她和徐悲鸿对簿公堂，打起了离婚官司。这场官司以蒋碧薇的胜利告终，她不仅得到一双儿女的抚养权，还从徐悲鸿那里得到了一百万元赔偿金、四十幅古画，以及一百幅徐悲鸿自己的画。

关于这一百张画，蒋碧薇附加了一个条件：她必须一张张精挑细选，若是不满意，就退回去重画。

或许是因为对她的愧疚，徐悲鸿答应了全部条件。为了偿还"画债"，徐悲鸿日夜作画。他习惯站着作画，不久之后就高血压与肾炎并发，病危住院。廖静文睡在他旁边的地板上，整整照顾了他四个月，他才出院。对此，廖静文耿耿于怀，她怨恨蒋碧薇，觉得徐悲鸿就是为了赶这一百幅画，废寝忘食，这才累垮了身体，导致英年早逝。

徐悲鸿与廖静文只相守了短短七年，徐悲鸿去世那一年，廖静文只有三十岁。在《徐悲鸿一生——我的回忆》中，廖静文说："悲鸿每次去开会的时候，回来都会带三块糖，两块给孩子，一块给我。"徐悲鸿去世的那天，廖静文抱着他已经冰冷的身体恸哭，哭过之后，她发现他的口袋里依旧装着三块糖。

其实，当时徐悲鸿身上不仅有三块糖，还有蒋碧薇当年在巴黎买给他的那块怀表。那是他从不离身的物件，直到生命结束的那一刻，他与蒋碧薇依然没有彻底分开。

离开了徐悲鸿的蒋碧薇，成为张道藩的情妇。她的下半生，没有获得过名分，却也活得并不寂寞。

张道藩曾经承诺在蒋碧薇六十岁时娶她，可到了那一天，张道藩只是宴请了许多客人为蒋碧薇祝寿，却丝毫不提迎娶之事。散席之后，他们大吵一架，彻底分手。

她就是这样骄傲的女子，从不让自己爱得卑微。她想要很多很多的爱，如果没有，很多很多的钱也是好的。但是，晚年的蒋碧薇，拒绝张道藩的任何资助，靠着徐悲鸿给的分手费生活。徐悲鸿的画，她陆陆续续卖掉一些，唯有那幅《琴课》，她始终挂在卧室里，舍不得卖。

1966年，蒋碧薇出版了五十万字的回忆录。上篇是《我和悲鸿》，下篇则是《我和道藩》。生命中的两个男人，被她安放在心里最重要的角落。凝结于文字中的，是他们共同经历的时光。

提到徐悲鸿，蒋碧薇满是遗恨和怅惘："我从十八岁跟他浪迹天涯海角，二十多年的时间里，不但不曾得到他一点照顾，反而受到无穷的痛苦和厄难……"提到张道藩，她则温柔了许多："我将独自一人留在这幢房子里，而把你的影子镌刻在心中。"

回忆本就充满遗憾，爱情也从没有对错输赢。敢爱敢恨，便已经是快意人生。她爱得热烈，也惨烈。既有过花好月圆，也有相忘于江湖。最终，她还是一个人走完了一生。尽管是为情所伤，但总算不曾委屈了自己。

潘素

最好的婚姻,是互相成就

聪明的女人,不会让婚姻成为自己贬值的开始。如潘素这般聪慧的女子,更加知道,像张伯驹这般风流倜傥、才华横溢的男子,身边从不缺少女人。想要留住他的心,就必须让自己的价值不断提升。

一见钟情不是运气，是眼光

民国时期的上海，十里洋场，鱼龙混杂，多的是烟花柳巷。想要在青楼里混出名堂，光有美色是不够的，还要拼才学。青楼女子大多是不识字的，若是能美貌与才学兼备，再会些弹琴唱曲儿的手艺，那必定扬名四海，万众皆知。

号称"潘妃"的潘素，便曾经是这样一个声名大噪的青楼女子。被卖入青楼的女孩子，不是没有亲人，就是家里穷得过不下去。潘素不一样，她是大户人家的女儿，出身苏州名门，是清朝宰相潘世恩的后人。

那时的她还不叫潘素，而叫潘白琴，字慧素。父亲是个游手好闲的纨绔子弟，母亲则是贤淑聪慧的女子。潘家虽家道中落，母亲却偏要富养女儿。她不肯放松对女儿的教育，潘素的女红、音律和绘画，都出自名师指点。

于是，潘素成长得越发出挑，在众多女子中，她总是最脱俗的一个。可惜，母亲与潘素的缘分，只有短短的十三年。母亲病逝后，父亲续弦王氏。潘素弹得一手好琵琶，在继母眼中，这成了换钱的资本。她把潘素连同那张琵琶一起卖给青楼，从此，纵然潘素曾高贵如公主，也只能认命跌落红尘。

她天生便不是自怨自艾的女子，沦落青楼，便有青楼的活法儿。潘素从此号称"潘妃"，还不到二十岁，便成为上海滩知名的头牌交际花。

按照上海青楼界的规矩，同为青楼女子，也有不同的分工。别人大多接待官家的客人，潘素只负责招徕沪滨的白相人，说白了，便是无所事事的花花公子。

她艳帜高张，公然在上海西藏路、汕头路路口迎客。说起话来，潘素轻声细语，但骨子里，她却颇为狂野。她在手臂上刺了一朵鲜艳的花，美丽的女人，总是有刺的。她谈吐不凡，能写能画能弹琵琶，客人们在她面前划拳猜酒令，闹出极大的响动，她高兴了就陪陪酒，不高兴就冷眼旁观。

这朵神秘的野玫瑰，终于吸引来真正的豪客。国民党中将臧卓一眼便看中了潘素，还与她订下婚约。

张伯驹便是在这个时候闯入潘素的生命，他虽来得迟了一些，却并非迟得不可挽救。真正的爱情，什么时候开始都不算晚。

他与潘素的相识，源于"潘妃"的名头。张伯驹早就听说上海有这样一位奇女子，借着到上海游玩的机会，专门前来拜会。他本就是闲云野鹤一般的人物，风流倜傥，极为风雅，且有一身才华，最擅长吟诗作赋。

张伯驹出身名门望族，号称"民国四公子"之一，琴棋书画样样精通，收藏和戏曲也都是他的爱好。当时他正在盐业银行任个挂名的现职，这番来上海，是以查账的名义。

见到潘素的第一眼，张伯驹便懂得了什么叫怦然心动。直到晚年，回忆起那一日的初见，张伯驹还能写出如此深情的诗篇："姑苏开遍碧桃时，邂逅河阳女画师。红豆江南留梦影，白苹风末唱秋词。除非宿草难为友，那更名花愿作姬。只笑三郎年已老，华清池水恨流脂。"

初见的这一天是潘素二十岁的生日，张伯驹写了一副对联为潘素庆生："潘步掌中轻，十步香尘生罗袜；妃弹塞上曲，千秋胡语入琵琶。"

他将"潘妃"二字隐入其中，寥寥数语，便将潘素的神态与特长描摹得淋漓尽致。她是看得懂的，同时看懂的，还有他的心思。

潘素对张伯驹也算得上一见钟情，他有才，彬彬有礼，潘素心中有个声音在不断提醒自己：这个男人，或许可以托付终身。

三十七岁的张伯驹，自然不会是单身。他不仅有妻室，并且不止一个。大太太李氏，是安徽督军的女儿，张伯驹十五六岁时迎娶她过门，属于典型的包办婚姻。他们没有感情，也没有孩子，李氏最终郁郁而终。

二太太是张伯驹自己挑选的，原本是北京的京韵大鼓艺人。长相算不上娇艳，也不擅长打扮，但张伯驹喜欢她贤惠能干，且有一手好厨艺。她的名字邓韵绮便是张伯驹给取的。

三太太的名字也是张伯驹取的，叫王韵缃。她是苏州人，与张伯驹生有一个儿子，一直和孩子、张伯驹的父母生活在一起。

喜欢，终究不是真爱。自从遇到潘素，张伯驹才终于找到最适合自己的女人。张伯驹的朋友说："这两人英雄识英雄，怪人爱怪人，一发而不可收，双双坠入爱河。"

他们的恋情，终究瞒不过臧卓的眼睛。一气之下，臧卓将潘素软禁在"一品香"旅店里。张伯驹救人心切，只好求助于好兄弟孙曜东。他向来仗义，一口答应帮忙。孙曜东先带张伯驹在静安路租了一套房子，之后驱车来到"一品香"旅馆，买通了臧卓的卫兵。他们冲进旅馆时，潘素正坐在里面哭泣。他们匆忙将潘素带走，第二天，张伯驹就带着潘素回了天津。

不久，张伯驹分了两笔巨款给家里的太太们，办好了跟她们的离婚手续，紧接着，在潘素的故乡苏州与她举办了婚礼。

想留住男人的心，就别让自己贬值

很多女人一旦进入婚姻，便忘了继续提升自己。即便婚前的感情再浓，也经不起日复一日在柴米油盐中消耗。曾经的你，在他眼中惊为天人；到头来，只不过沦落成饱经岁月摧残的黄脸婆而已。

聪明的女人，不会让婚姻成为自己贬值的开始。如潘素这般聪慧的女子，更加知道，像张伯驹这般风流倜傥、才华横溢的男子，身边从不缺少女人。想要留住他的心，就必须让自己的价值不断提升。

洞房花烛夜，潘素一身白衣。见惯了新娘的凤冠霞帔，张伯驹对潘素的穿着表示不解："喜庆之日，何着素白之衣？"

潘素答道："洁白如酥，是我的本色。"

是啊，不清白的名声，不能掩盖清白的灵魂。她想要让张伯驹知道，自己余生最大的心愿，便是与他白首不相离。听过潘素的回答，张伯驹感慨不已："本人生来爱女人爱文物，但自此以后只心系潘妃一人！"

他真的做到了。在他眼中，她一切都是好的。

潘素幼年曾学过画画，虽画艺不精，张伯驹却觉得她天赋异禀，于是不惜重金为她聘请名师，让朱德菁教她画花卉，让夏仁虎教她古文，让汪孟舒教她画山水，她的每一位老师，都是苏州名家。

在诸多画派当中，潘素偏爱隋唐两宋工笔重彩画法，并潜心钻研。张伯驹乐得陪着她四处游历写生，一个懂得提升自己内涵的女人，让男人愿意花足够的心思来对待。美色只是一时，唯有内涵，才能让男人爱一辈子。

他们一同作画、写字、抚琴、填词，他爱的一切，她都爱；他擅长的一切，她都能附和。这样的女人，任何一个男人都愿意捧在手心里。在张伯驹的悉心培养之下，潘素终成一代山水画家。

张大千和潘素曾两度合作绘画，他评价潘素的画："神韵高古，直逼唐人。"1955年，周恩来总理对潘素的《漓江春晴》高度评价，认为"有新气象"，从此，潘素的名字在美术界被争相传颂。

1958年，潘素的山水画《临吴历雪山图》被当作国礼送给英国首相，她传统水墨画的精湛画技，折服了国际友人。就连毛泽东主席也对潘素的画赞许有加。后来，她加入中国美术家协会，作品多次在国内外参展，蜚声海外。

遇见一个愿意赞赏自己的人，是女人一生的幸运。选对了一个男人，就等于选对了一种人生。婚姻这件事，比志趣相投更重要的，是精神上的默契。

在别人眼中，他们是一对奇怪的夫妻。很多男人都无法理解，潘素究竟有怎样的魅力，能让张伯驹陆续遣散和安置其他女人，并且放弃军职，远离政务，只与她厮守一生。张伯驹不理会旁人的疑惑，只乐在其中。他最喜欢做的事情，就是和潘素一起收藏研究文物，醉心绘画、诗文、戏曲。他们还经常合作，潘素作画，张伯驹题词，可谓珠联璧合。

潘素从未见过张伯驹的父亲，这是张伯驹对潘素的保护。大家族向来是非多，父亲一定无法坦然接受儿子娶青楼女子为妻。潘素并不在意此事，她并不想要别人的认可，只要在张伯驹的心中成为唯一。没有张家复杂关系的烦扰，潘素反而乐得清净。

张伯驹痴迷收藏，别人说他"败家"，潘素却偏偏支持他"败家"。1946年，张伯驹想买隋朝画家展子虔的《游春图》，两人商量之后，决定将房产（李莲英的老宅）卖掉。即便如此，钱还是不够，潘素竟将自己的嫁妆首饰卖掉，凑足了二百多两黄金，终于将这幅名画买到手。

在外人面前，张伯驹是翩翩君子；在潘素面前，他是可以尽情耍赖的孩子。张伯驹曾经看中一张古画，回家向潘素要钱。当时的他们家徒四壁，经济非常拮据。潘素不肯拿钱，张伯驹索性躺在地上，像个孩子一样耍赖。潘素难掩笑意，只好答应卖掉一件首饰把画买回来，张伯驹这才从地上翻身爬起，拍拍身上的泥土回屋睡觉。

能像母亲包容孩子一般包容大自己十七岁的丈夫，谁能说，这不是真的爱情？

婚姻中最难得的，便是懂得彼此的"痴"，并愿意为彼此的"痴"埋单。潘素知道，张伯驹疯狂购买文物，并非是"败家"，而是担心国宝流落海外。即便花光家中最后一分钱,潘素也毫无怨言。张伯驹曾想把所有字画留给潘素,潘素坚决不同意。于是,他们将高价买来的《游春园》和唐寅的画捐给北京故宫博物院,又把自己居住的承泽园卖给北京大学。他们一生捐献给国家的国宝,在当时便已价值上亿。

福祸同享，是最上乘的婚姻

抗日战争爆发时，潘素和张伯驹神仙眷侣般的日子遭到了冲击。当时张伯驹出于工作原因，每周要去上海一趟。1941年，张伯驹在上海遭遇绑票。

因为掌管盐业银行上海分行，张伯驹阻挡了李祖莱的升迁之路。于是，李祖莱勾结"76号"机构特务绑架张伯驹，让潘素准备二百万元来赎人，否则就撕票。

换作寻常女子，早就吓得不知所措，潘素却异常冷静。她知道张伯驹爱收藏甚于性命，张伯驹曾说，如果为了救他而卖掉一件藏品，他就算死都不肯出去。有人建议潘素卖画，她一口拒绝。为了救丈夫，她决定卖掉自己所有值钱的首饰。

当年张伯驹救她，是求助了好友孙曜东；这次她救张伯驹，则求助孙曜东的妻子吴嫣。孙曜东得知这件事，直接把事情捅到周佛海那里。绑架张伯驹，本就是周佛海手下干的事。周佛海命令手下立刻破案，不过孙曜东担心小混混们如果捞不到好处会撕票，还是让潘素给了二十根金条。

张伯驹被关了近八个月，潘素一天安心的日子都没有过过。她四处打点，四处奔走，终于把张伯驹救了回来。

经过这次绑架事件，潘素和张伯驹夫妇誓死保护国宝的名声传开了，人人赞扬。他们并不愿意出这个名，这意味着人人都知道他们手中有值钱的藏品。于是，他们整个下半生都在为保护国宝而忙碌。

他们多次往返于西安和北京之间，将国宝不断偷偷转移。这样的日子虽奔波劳碌，潘素却以此为荣。当他们将前半生最珍贵的八件藏品捐献给故宫博物院时，政府要奖励二十万元，被他们夫妇婉拒了。他们说："我只要画，不要官，也不要钱。"

精神上的满足，战胜了物质上的贫瘠。日子虽苦，他们的精神是富有的。张伯驹最喜欢摆弄自己的藏品，潘素也喜欢和他学习如何鉴赏藏品。他们一起欣赏李白唯一的真迹《上阳台帖》、陆机的《平复帖》，偶尔他写诗，她便在一旁作画。

两个人的心灵，就在这远离尘嚣的日子里被洗涤得一尘不染。潘素说："几十年来，时无冬夏，处无南北，总是手不离笔，案不空纸，不知疲倦，终日沉浸在写生创作之中。"这样的日子，她很快乐。

他们的生活是慢节奏的，张伯驹偶然兴之所至外出学戏，潘素便在异地等他归来。

张伯驹找余叔岩学戏，每天要等到午夜十二点，教学才开始，常常是学到凌晨三四点才能回家。他把学戏的经历写成诗，寄给潘素："归来已是晓钟敲，似负香衾事早朝，文武乱昆皆不挡，未传犹有太平桥。"

他去大雁塔看雪,也不忘在正月十五之前赶回北京,因为那一天是潘素的生日。张伯驹还专门填了一阕《鹧鸪天》为潘素祝寿:"白首齐眉几上元,金吾不禁有情天。打灯无雪银街静,扑席多风玉斗寒。惊浪里,骇波间,鸳鸯莲叶戏田田,年年长愿如今夜,明月随人一样圆。"

她包容他的孩子气,也兼顾他的兄弟情。袁克定是张伯驹的好友,袁克定晚年孤独无依,潘素和张伯驹虽然生活拮据,但还是收留了他,悉心照料他的生活,整整十年。袁克定想给他们生活费,他们分文不收。直到袁克定去世,陪伴在侧的还是他们夫妻二人。

20世纪70年代,张伯驹成了北京的"黑户",没有户口,没有粮票,只能靠亲友接济度日。潘素却从不怨天尤人,坦然自若。纵然家里破败不堪,他们依然心平气和。

白天,这对夫妻要接受批评,晚上却依然坚持填词、作画。为了鼓舞自己,潘素那段时期画得最多的便是蜡梅、秋菊。她欣赏它们的气节,凌霜傲骨,不与百花争艳。

当初他们义无反顾成为夫妻,别人或许从未想过他们能如此幸福地相伴一生。他们竟真的成为彼此的唯一。1982年,张伯驹感冒,潘素好说歹说劝他住院。两天后,感冒转为肺炎,过完八十五岁生日的第二天,张伯驹去世。

潘素余生都在为此事自责:"伯驹是好好的,只不过得了感冒。几天不见好,才把他送进医院,他不愿意去,是边劝边哄的。我原以为送他进去就能把病治好,哪晓得我把他一送就送进了鬼门关。"

十年后,潘素追随张伯驹而去。她虽未能给张伯驹留下一儿半女,却相知相守五十年。若没有遇到张伯驹,不知她是否还受困于青楼,做她的清倌人;若没有遇到潘素,不知他是否依然流连于花丛,无处安放真情。

难得的是,他们遇见了。这世上不是没有真情,只看是否遇上了对的人。最好的婚姻,就是互相成就。

唐瑛

半生华丽,半生云淡风轻

每一段爱情，唐瑛都用情很深，却并不深陷其中。一旦觉得不合适，便能用最后一分理智及时抽身。她不做爱情的奴隶，觉得爱情应该是用来享受的，要让自己感到舒适。她用自己的经历证明，女人越是理性，活得便越是高级。

来人间一趟，就要做一辈子美人

民国佳人，留下多少传奇。她们于时代变迁中惊艳了时光，又在情感更迭中温柔了岁月。在时光的尽头，她们巧笑倩兮，不疾不徐，将岁月书写成诗。

在那个名媛无数的年代，与陆小曼并称"南唐北陆"的唐瑛，凭借独树一帜的个性，成为上海滩最时尚的标签。

唐瑛的父亲唐乃安，是首批获得"庚子赔款"资助的留洋学生，也是中国第一个留学海外的西医。回国后，他先是在北洋舰队做医生，之后又在上海开了一家私人诊所。来唐乃安的诊所看病的，都是高官巨富，因此，唐家的家境非常富足。

唐瑛的母亲徐亦蓁，是金陵女子大学的首届毕业生。一对受过高等教育的夫妻，在子女的教育方面自然无比重视。优渥的家境，给了唐瑛最好的教育资源。父母把她送进上海教会贵族学校中西女塾，当时的名门望族子弟，都争先恐后想要娶这个学校毕业的女孩为妻。

良好的教育加上严格的家教，让唐瑛养成了贵族女子的生活习惯。她用CHANEL（香奈儿）NO.5香水、香奈儿香水袋、皮鞋、CD（迪奥）口红、CELINE（思琳）衣服和LV（路易威登）手袋，不仅穿衣风格考究前卫，吃的东西也非常讲究。每一餐饭，都必须按照合理的营养要求进行搭配，甚至精细到几点吃早餐、下午茶、晚餐。除了用餐时间以外，绝不会偷吃点心；吃饭的过程中，也不能摆弄碗筷餐具玩耍，更不能边吃饭边说话，哪怕是汤太烫，也不能用嘴去吹。

随着年龄增长，天生丽质的唐瑛已经出落得亭亭玉立，是标准的美人。她的骨子里便有一种对美的追求，穿衣打扮样样精致。即便是平日待在家里，唐瑛也要换三套衣服：早上穿短袖羊毛衫、中午穿旗袍、晚上家里有客人造访，就穿西式长裙。她最偏爱的服装就是旗袍，甚至有"旗袍皇后"的美誉。

唐瑛的妹妹唐薇红还记得，自己第一次去百乐门，就是向姐姐唐瑛借的旗袍，却无论如何都跟不上唐瑛跳舞的动作。那一天的唐瑛，身穿一件红色绸缎旗袍，每一步舞姿都优雅动人，是全场的焦点。不过，唐薇红也知道，为了保证跳舞转圈时重心不倒，唐瑛背后付出了怎样的努力。她是一个对自己要求十分苛刻的人，为了跳好舞步，她练习了无数个日日夜夜。

优雅与高贵的背后，是靠一股倔强的劲头在支撑。正是因为这种劲头，唐瑛的美才能那样脱俗。无论在人前还是人后，她都要求自己必须活得精致优雅，让美融入骨子里。

唐瑛喜欢逛一切能带给她服装灵感的地方，看到喜欢的样式，就默默记下来，再添上一些自己原创的设计，回到家里吩咐自己的裁缝做出一套又一套既时髦别致，又独一无二的服装。

据说唐瑛的房间里有一整面墙的大衣柜，里面挂满了毛皮大衣。唐瑛每在公开场合穿一件新衣服，全上海的女人都会争先恐后照着做，忙坏了不少裁缝。

如果用一个词来形容唐瑛的美丽，那一定是"得体"。她美得不妖艳，不冰冷，亦不热烈，举手投足，都令人感觉无比舒适。

南方的唐瑛，与北方的陆小曼齐名。并不是每一个淑女都有进入社交界的契机，陆小曼之所以能成为社交名媛，是因为她精通英、法两门外语，被国民政府外交部部长顾维钧聘用为兼职外交翻译。因此，陆小曼得以名正言顺地在重要会议及达官显贵的舞会上大出风头。

当人们把陆小曼当作"北京城一道不可不看的风景"时，唐瑛还是一个正在上海中西女塾读书的十三岁学生。唐瑛的父亲深受西方文明影响，唐家又是基督教家庭，对女孩子非常看重。按照西方社交界的规矩，女孩子必须年满十六岁才能开始社交。而唐瑛的父亲对她的要求又增加了一条：必须有男士上门邀请，或者婚后才能开始社交。

对那时的每一个人来说，"社交"都是一个新鲜的字眼儿。唐瑛身上与生俱来的尊贵与高雅，让她与陆小曼成为两道截然不同的风景。在当时一本叫作《玲珑》的杂志中，整天都有鼓励女性学会社交的内容，并且将唐瑛当成"交际名媛"的榜样。

1927年，在社交界初出茅庐的唐瑛，于中央大戏院举行的上海妇女界慰劳剧艺大会上，与陆小曼联袂登台出演昆剧《牡丹亭》中的《拾画》《叫画》。十七岁的唐瑛在陆小曼面前丝毫不怯场，在当时的剧照中，她身着一袭白衫，含情脉脉，轻走台步；陆小曼轻摇折扇，两人皆是一身的戏。

唐瑛的五官有一种西洋风情，举手投足皆惹人注目。一次，英国王室访问中国，唐瑛前去表演钢琴和昆曲，表现非常耀眼。当时各大报纸上都刊登了她的大幅玉照，风头甚至盖过了英国王室。

1935年，唐瑛在卡尔登大剧院用英语演出整部的《王宝钏》，震惊了世人。与唐瑛同台扮演王允的，是《文汇报》在上海创刊之初的董事之一方伯奋，扮演薛平贵的则是后来成为沪江大学校长的凌宪扬。这是第一次有人用英语演出京剧，因此在观众中引起了不小的轰动。舞台上的唐瑛，不但英语流利，演技也非常好，唐瑛的名字再一次引起当时全国热议。

当年，张幼仪的云裳服装店开业后，一度为选择模特的事情绞尽脑汁。她几乎找遍了上海滩的名媛，都不满意。但当张幼仪和唐瑛吃过一顿饭后，立刻决定聘请唐瑛作为首席模特。唐瑛身上的时尚感有目共睹，想必这也是唐瑛最打动张幼仪的部分。

那时的上海滩，虽然是潮流的汇集地，却很少有人知晓国际大品牌。唐瑛在那时便已经是一身名牌，光是一双绣花鞋，就要两百大洋，据说相当于鲁迅先生一个月的工资。在各大报纸上，常常能看见这样的描述："唐瑛是上海滩最顶尖的时髦女郎。"唐瑛仿佛将美当成了一种使命，并且愿意用一生的时间来守护。

女人应活得美丽，更应活得清醒

林徽因曾说："别因为自己是女人，就禁锢了双脚。真正长存于世的美，从来不止于皮囊，更是一个女人身上散发出来的独立智慧。"

唐瑛便是一个充满智慧的女人，她长得美丽，却从不以香艳取悦他人。她绝世独立，散发着独有的魅力。追求她的男人，如同过江之鲫。但唐瑛最爱的，永远是自己，在她的世界里，男人从来没有成为过主角。

唐瑛的哥哥唐腴胪和宋庆龄的弟弟宋子文是好朋友，他们曾一起在美国读书，回国后，唐腴胪还成为宋子文的机要秘书。唐腴胪经常把宋子文带回家里来，宋子文就这样与唐瑛认识了，并且立刻就被唐瑛的美深深吸引。

宋子文开始对唐瑛发动追求攻势，写了一封又一封炽热的情书送给唐瑛。虽然宋子文比唐瑛大十六岁，但唐瑛并不反感，反而有些被宋子文吸引。英俊成熟、有权有势的男人，总是能成为少女倾慕的对象，唐瑛和宋子文之间的关系，似乎只差那么一层窗户纸。

就在这时，一起刺杀事件，让唐腴胪断送了性命。其实，唐家父母一直认为与政治扯上关系，不是什么荣耀的事情，反而有可能为一家人带来麻烦。因此，他们一直反对唐腴胪的事业，可唐腴胪并不将父母的话放在心上。

1931年的一天早晨，唐腴胪和宋子文来到上海火车北站，准备乘火车离开。巧合的是，他们两人当天的穿着非常相似。到达火车站之后，唐腴胪走在前面，朝着火车的方向走去。突然有人朝他们的方向扔来烟幕弹，周围立刻被烟雾笼罩起来。宋子文看到烟雾后，立刻警觉地钻到火车下面。唐腴胪的反应慢了一些，没有立刻藏起来。别人通过穿着，误把唐腴胪当作宋子文。随着一阵枪响，唐腴胪应声倒地。

宋子文和司机立刻把唐腴胪送到最近的一家德国医院抢救，然而医生却迟迟没有赶到。等德国医生终于准备好手术的时候，唐腴胪因为膀胱中了很多枪，已经去世了。

整个上海滩都为这起刺杀事件感到震惊。尤其是唐腴胪的父母，原本就反对他们共事，发生这种事情，宋子文难辞其咎，唐乃安对与政治有关的人更是深恶痛绝。

唐瑛知道，无论自己多喜欢宋子文，都无法得到家人的祝福。与其将来痛苦一生，不如现在就将刚刚萌芽的爱情扼杀掉。

错过的爱情，最让人唏嘘。但在爱情面前，唐瑛依然能保持一分理智。她只是将宋子文写给自己的二十多封情书默默收好，作为这段还没来得及开始的感情唯一的纪念。

没过多久，父母为唐瑛定了一门亲事。对方是宁波著名的"小港李家"、沪上富商李云书的公子李祖法。他是留学耶鲁大学的高才生，回国后管理上海租界水道工程，人称"阴沟博士"。社会名流，才是唐瑛父母认可的归宿。

嫁入豪门，唐瑛的生活一开始是惬意的。她还是上海最著名的交际花，生活依然风光无限。然而，李祖法是一个喜欢安静的人，与唐瑛喜欢热闹的性格完全相反，他不喜欢交际，尤其不喜欢妻子的交际花身份，最受不了妻子三天两头上报纸，到后来干脆阻止她去歌舞厅。

有了儿子李名觉之后，唐瑛和李祖法的矛盾日益加深。李名觉从小喜欢画画，唐瑛就买来画笔，鼓励儿子多画画。李祖法却觉得艺术是最不靠谱的，不认可唐瑛的做法。

个性格格不入的两个人，注定无法一直生活下去。唐瑛是聪明的女人，不会因为丈夫的不喜欢就否定自己，更不会改变自己去迎合丈夫。她从不抱怨自己嫁错了人，也从不认为是自己不够好，而是明白他们都没有错，只是不合适。

于是，他们及时结束了这段错误的婚姻。离婚后的唐瑛，并没有因此黯然。她有属于自己的朋友，还热爱看戏、看电影、穿好看的衣服、吃各种美食。生活中有太多美好的事物等待着她，尤其是她最喜欢的社交场，在那里她总能如鱼得水。

曾有人用这样一首诗来形容唐瑛当年的生活："彩袖殷勤捧玉钟，当年拼却醉颜红。舞低杨柳楼心月，歌尽桃花扇底风。"活泼的她，需要一个同样活泼的伴侣。容显麟便在这时出现在唐瑛的生活中。

容显麟是广东人，他的叔叔就是"中国留学生之父"容闳。容家有许多留学生,是一个思想开放的大家族。容显麟和唐瑛一样,拥有许多爱好:骑马、跳舞、钓鱼,尤其热爱文艺。共同的兴趣让他们越走越近,最终走入彼此的内心。

  每一段爱情,唐瑛都用情很深,却并不深陷其中。一旦觉得不合适,便能用最后一分理智及时抽身。她不做爱情的奴隶,觉得爱情应该是用来享受的,要让自己感到舒适。她用自己的经历证明,女人越是理性,活得便越是高级。

🌸 不是把自己打扮成美人，而是活成美人

1937年，唐瑛和容显麟在新加坡结婚，之后又去了美国。1939年，他们回到上海，住在南京理发店所在的丹尼斯公寓楼上。当时的上海，已经沦为抗战中的孤岛，时局非常混乱。随着日本人的势力一天天扩张，很多外国人都回国了，唐瑛也不再有外出交际的兴致，索性在家里做起贤妻良母。

容显麟有四个孩子，加上唐瑛的儿子李名觉，她每天要照顾五个孩子。但唐瑛丝毫没有不耐烦，她总是耐心地和孩子们沟通，尊重他们的个性，鼓励他们发展自己的兴趣。容显麟的工作是保险经纪，平日很忙。但无论多忙，到了周末，他都会带着唐瑛和几个孩子出去玩。

在唐瑛的儿子李名觉的记忆中，每个周末，都是家里最欢乐的时间。他们不是去看戏、看电影、看画廊，就是去听音乐会，有时候还会外出野餐。如果实在没有安排活动，他们就出去吃饭：点心、汉堡、面食、美国巧克力，全都是小孩子爱吃的东西。

这样的日子，唐瑛感到非常舒心。即便是成为五个孩子的母亲，

她依然不减当年的风雅，活得还是那样精致。

唐瑛的妹妹唐薇红曾说："我姐姐她爱玩，爱打扮，爱跳舞，爱朋友，爱社交，爱一切贵的、美的、奢侈的东西——这所有爱好，到老都没有改变。"

20世纪70年代，唐瑛曾经回上海探亲。当时的她已经六十多岁，穿着一身淡绿色的旗袍，一双漂亮的眼睛依然炯炯有神。她的手里一直拿着一条丝巾，偶尔优雅地轻轻沾去眉角的汗水，举手投足之间，依然保持着当年的优雅精致。

唐薇红说："当我在机场看见一个穿绿旗袍的女人从楼梯上下来，我远远地就叫了，那肯定是姐姐，结果果然是，她一点都没有变。"

继唐瑛之后，上海又涌现出几个有名的交际花。但她们与唐瑛相比，似乎总是少了点什么。比她漂亮的，没有她聪明；比她聪明的，又没有她漂亮。因此，即便唐瑛不再出去交际，人们记忆中最美丽的女人，依然是唐瑛。

1948年，容显麟和唐瑛带着一家人在战乱中移民美国。容显麟依然从事老本行，在友邦保险公司当部门经理。唐瑛则利用自己的社会关系，帮丈夫联系了许多客户。李名觉已经长大，在南加州读大学，大学毕业之后，在唐瑛的鼓励下走上了戏剧艺术的道路，最终成为泰斗级的舞台美术大师。容显麟的四个孩子也分别在美国读书和工作，各自事业有成。

唐瑛和容显麟，共度了二十多年的幸福婚姻。直到容显麟去世后，唐瑛才搬到儿子隔壁的单元居住。她还是像从前一样爱热闹，家里常年摆着四张固定的麻将桌，朋友们往来不断。唐瑛偶尔兴致好了，也会打上几圈，她说打麻将可以活络脑子。

心情好的时候，唐瑛还会带着孙子们出去看戏、看电影，回家后再亲手做几样小点心。据说唐瑛的拿手菜芹菜牛肉片和馄饨，比饭馆里的还好吃。

1986年，唐瑛在纽约的寓所里安然离世。在她的手边，有一个直通儿子房间的电铃，但她从来没有碰过一下。她也从来不用保姆，一切都是自己打理。她知道，一个真正的美人，一定是独立、自尊、自强、自爱的。哪怕是到了生命的最后一刻，她也要保持从容优雅。

她走的时候，依然干干净净、清清爽爽，一脸从容。即便岁月侵蚀了她的容颜，但她依然做到美了一辈子。

张兆和

无爱的婚姻读不懂他的真情

沈从文去世后，张兆和整理他生前的文稿。直到这一刻，她开始思考他们的爱情、婚姻与裂痕："从文同我相处，这一生，究竟是幸福还是不幸？得不到回答。我不理解他，不完全理解他。后来逐渐有了些理解，但是，真正理解他的为人，懂得他一生承受的重压，是在整理编选他遗稿的现在。过去不知道的，现在知道了；过去不明白的，现在明白了……"

拒绝爱情,需要勇气

1929年,一位来自湘西凤凰,连小学都没有毕业的"乡下人",来到吴淞中国公学做大学生的教师。他是沈从文,为了第一堂课,他做足了准备。然而当看到教室里黑压压挤满了学生,他突然仿佛丧失了说话的能力。

连续五分钟,教室里一片沉默,学生们都伸长了脖子等待这位新来的老师发表一些什么言论,沈从文却傻愣愣地站在讲台上,一句话也说不出来。

教室里安静得能听到呼吸的声音,为了缓解尴尬,他故作轻松地拿起粉笔在黑板上写下:"对不起,请同学们等我五分钟。"

他想要利用这五分钟让自己冷静下来,可学生们越是沉寂无声,他越是紧张得满头汗水。沈从文好不容易鼓足勇气开始讲课,可是原本准备了一个小时的内容,却只用了十分钟就全部讲完了。距离下课还有漫长的几十分钟,沈从文早已紧张得再也说不出话。他只好拿起粉笔,再次在黑板上写道:"今天是我第一次上课,人很多,我害怕了。"

教室里响起一片善意的笑声，同时也夹杂着些许抱怨。有人在课后去校长胡适那里"告状"：堂堂高等学府，竟然聘请了一位没有学历、没有风度、没有见识的家伙来给学生上课。胡适却尽可能维护沈从文的颜面："他站在台上十分钟没开口，学生却没有轰他下去，这便是成功了。"

或许沈从文那一天的紧张是命中注定，因为在讲台下的学生中，便有他今生不肯错过的那个人。

她便是张兆和，苏州名门张家三小姐。她的曾祖父是清末声名远播的江苏巡抚、两广总督张树声，父亲是民国著名教育家张武龄。张家四个女儿，个个才华横溢。叶圣陶曾说："九如巷张家的四个才女，谁娶了她们都会幸福一辈子。"

遇见沈从文的那一年，张兆和十八岁。"额头饱满，鼻梁高挺，秀发齐耳，下巴稍尖，轮廓分明，清丽脱俗"，皮肤稍稍有些黑，因此人们叫她"黑牡丹"。

沈从文深深地爱上了张兆和，不顾师生身份，对她展开热烈的追求。张兆和身边从不缺乏追求者，高傲的她，甚至懒得记住这些人的名字，只叫他们"青蛙一号、青蛙二号、青蛙三号……"到了沈从文这里，是"青蛙十三号"。

若是换作以往，张兆和懒得看这些追求者送来的情书，但是第一次收到老师沈从文送来的情书时，她还是愣了一下，之后便不由自主地打开了。信纸上只有一句话："我不知道为什么忽然爱上你。"

即便沈从文成功地引起了张兆和的注意，但在才貌双全的大家闺秀张兆和面前，来自湘西凤凰乡村的穷小子沈从文，还是显得有些渺小。

即便是一只生活在阴沟里的"青蛙"，也有仰望星空的资格。沈从文早已打定主意，为了这场爱情，他要付出全部的勇气和努力。

"爱情使男人变成了傻子的同时，也变成了奴隶，不过，有幸碰到让你甘心做奴隶的女人，你也就不枉来这人世间走一遭。做奴隶算什么，就算是做牛做马，被五马分尸，大卸八块，你也是应该豁出去的。"

情书中的热烈，让张兆和不敢相信出自腼腆的沈从文之手，但她依然不为所动。沈从文无奈，只好求张兆和的好友王华莲说和。王华莲的回答是，追求张兆和的青年才俊很多，那些情书她看都不看。沈从文竟然当着王华莲的面哭了鼻子，这更让王华莲觉得这个"乡下人"配不上高雅大方的张兆和。

挫败令他发了"狠"，他说，如果失败，就只有两条路可走，一条是刻苦自己，使自己向上；一条就是自杀。

张兆和再也坐不住了，她将沈从文写给自己的所有情书呈到校长胡适面前，请胡适"处理"沈从文。胡适却一心撮合这对才子佳人，笑着说："这也好，他文章写得挺好，你们可以通通信嘛，你要知道，沈从文是在顽固地爱着你啊！"

张兆和回答得倔强："我也是顽固地不爱他啊！"

胡适苦口婆心："你只要给他哪怕一点点的爱，就可以拯救他的灵魂，更何况他那么有才华。"

张兆和依旧不肯轻易给出自己的爱,哪怕一点点。

终于,胡适还是劝沈从文放弃,他在信中说:"这个女子不能了解你,更不能了解你的爱,你用错情了。你千万要坚强,不要让一个小女子夸口说她曾碎了沈从文的心。"

可是爱得热烈的人,哪里容得下旁观者的冷静?他坚持写情书给张兆和,连续四年,一天都不曾落下:

"你的眼睛还没掉转来望我,只起了一个势,我早惊乱得同一只听到弹弓弦子响中的小雀了。"

"我侥幸又见到你一度微笑了,是在那晚风为散放的盆莲旁边。这笑里有清香,我一点都不奇怪,本来你笑时是有种比清香还能沁人心脾的东西!"

"在山谷中的溪涧里,那些清莹透明底出山泉,也有你的眼睛存在:你眼睛我记着比这水还清莹透明,流动不止。"

"当我从一面篱笆前过身,见到那些嫩紫色牵牛花上负着的露珠,便想:倘若是她有什么不快事缠上了心,泪珠不是正同这露珠一样美丽,在凉月下会起虹彩吗?"

一封封情书,洋溢着沈从文的爱与希望。可惜,如同石沉大海,张兆和从未给过一次肯定的回复。

🔴 两个人的婚姻，一个人的爱情

沈从文去青岛大学当教授，便从青岛写来情书；张兆和毕业搬回苏州老家，情书便寄到苏州。

1932年，在巴金的指点下，沈从文带了很多西方名著，特意从青岛跑去苏州看张兆和。不巧的是，张兆和出去了。他很失望，以为张兆和是故意在躲他。张兆和的二姐张允和接待了他，对他印象不错。张家人都很喜欢沈从文，尤其是张兆和的弟弟们，觉得他讲故事讲得太好了。于是，二姐极力劝说张兆和去旅馆看他。

连续收到四年的情书，纵然是一块坚冰，也已经慢慢融化。张兆和对沈从文的态度柔和了许多。黄昏时他们走在九如巷，没有言语，却美得好似一幅画。

沈从文终究还是没能让张兆和点头，他不得不恋恋不舍地离开。临别时，沈从文请张允和帮忙向父亲提亲，言辞恳切："如果爸爸同意，就早点儿让我知道，让我这乡下人喝杯甜酒吧。"

张父的答复是："儿女婚事，他们自理。"这便是应允了。张允和立即发去电报，只有一个字："允。"一语双关，既代表父亲应允了婚事，也代表发电报人的名字。张兆和却担心沈从文看不懂，偷偷又发了电报给他："乡下人喝杯甜酒吧！"

表面上看，她情感的天平已倾斜向他。可是，由感动支撑起的婚姻，似乎与爱情无关。

1933年9月9日，沈从文和张兆和在北平中央公园举行了十分简朴的婚礼。他希望这个日子象征长长久久，可用一个人的爱承担两个人的婚姻，就算长久，真的是幸福吗？

她在家中行三，他亲昵地称她"三三"，她便唤他"二哥"。婚后不久，沈从文母亲病重，他不得不回湘西老家。人在湘西，一封封热烈的情书从未间断：

"三三，我的心不安定，故想照我预定计划把信写得好些也办不到。若是我们两个人同在这样一只小船上，我一定可以作许多好诗了。"

"三三，我就这样一面看水一面想你。我快乐，就想应当同你快乐，我闷，就想要你在我必可以不闷。"

"三三，山水美得很，我想你一同来坐在舱里，从窗口望那点紫色的小山。我想让一个木筏使你惊讶，因为那木筏上面还种菜！我想要你来使我的手暖和一些……"

偶尔，张兆和也会流露出鲜有的亲昵，她在信中回应："长沙的风是不是也会这么不怜悯地吼，把我二哥的身子吹成一块冰？"

一点小小的关切，足以让他欣喜若狂。可是，不同的成长背景，不同的教育经历，让他们的兴趣爱好和价值观相差太远。他一个人撑起的"幸福"婚姻，注定成为生命中不可承受之重。

沈从文收入不高，却热衷于收藏古董；张兆和出身富贵，却消费理性，一身蓝色粗布袍子，可以穿很久。结婚时，姑母送给张兆和一只玉戒指，沈从文偷偷拿去当掉，换来字画。张兆和取笑他"打肿脸充胖子""不是绅士充绅士"。

他们原本就不合适，他所以为的"合适"，只是基于自己不断地让步。沈从文以为，总有一天，他们的步调会趋于一致，只可惜，如果爱得不够，灵魂便永远无法契合。

拮据的生活，让张兆和多了许多抱怨："不许你逼我穿高跟鞋烫头发了，不许你因怕我把一双手弄粗糙为理由而不叫我洗东西做事了，吃的东西无所谓好坏，穿的用的无所谓讲究不讲究，能够活下去已是造化。"

或许连沈从文自己都从未想过，爱得那样炽烈的自己，竟然会将情感转嫁他人。

那是北平沦陷时，沈从文要张兆和一同南逃，张兆和却执意带着孩子留在北平。他虽保持写信，却少了情意绵绵，多了争执："你爱我，与其说爱我为人，还不如说爱我写信。"

关于她的留下，他怀疑是她在北平另有所爱，还故作大度："即或是因为北平有个关心你，你也同情他的人，只因为这种事不来，故意留在北京，我也不嫉妒，不生气。"

张兆和妥协了，可是他们的团聚带来的却是更加深的裂痕。原来，想要的得到了，也可能是悲剧。

若说她曾经爱他的写作，如今也不满意了。张兆和开始不喜欢读沈从文写的故事，挑剔他信中的错别字，甚至改动他文稿里的语法。沈从文很生气："你把我的风格搞没了。等你弄完，这些文章就不是沈从文的了。"于是，他再不敢给张兆和看自己写好的文章。

黄永玉曾说："沈从文一看到妻子的目光，总是显得慌张而满心戒备。"这哪里是爱情应有的样子。

于是，他爱上了别人，一个名叫高青子的女孩子。她长得漂亮，极为仰慕沈从文。第一次见面，她特意穿了件绿底小黄花绸子夹衫，在袖口缘了一点紫，那是沈从文小说《第四》中女主角的打扮。无须言语，她的表白已经非常明显。

用半生的时间讨好一个人，久了，是会累的。他渴望被一个女子仰望，高青子的爱，让他无法拒绝。于是，沈从文将高青子调到西南大学图书馆，让她离自己近一些。他觉得自己真的爱上了高青子，却也不愿对张兆和隐瞒。

沈从文向张兆和坦白了自己情感上的出轨，张兆和没有大吵大闹，她终究还是不愿意失去完整的家庭，为此还专门托人给高青子介绍对象。

沈从文和高青子的爱情结局，就像高青子在《紫》中写的那样："不为世俗所容的爱情，最终不过是一颗流星的划过，转眼就过了。"

无法深爱，只因忘了去懂你

高青子离开了，沈从文和张兆和却再也无法回到最初。时代的洪流将他们彻底隔开，并让他们情感上的裂痕再也无法愈合。

张兆和紧跟时代的步伐，穿上列宁装，对已经到来的新时代热情饱满；沈从文却不愿接受时代的改变，执意要留在原地。于是，那些一度将他推上文学巅峰的作品，被批判为"桃红色文艺"。他索性搁笔，再也不钟情于文字，只埋头故纸堆，搞学术研究。而张兆和则成为《人民文学》的编辑。

关于他的搁笔，她始终无法理解。张兆和以为沈从文"在创作上已信心不大"，却并不知道在放弃写作之前，他已经构思了好几部小说。写作对于沈从文而言，是一种执念，那是他最纯粹的快乐，希望她能分享，可惜她终究还是没能懂得他的快乐所在。

沈从文陷入了最痛苦的岁月，被学生贴大字报，被发配去扫女厕所。孤立无援的他，被抑郁症侵袭，住进精神病院。张兆和却说："那时，我们觉得他落后，拖后腿，一家人乱糟糟的。"

抑郁症令他对人生绝望，曾两度自杀。先是将手伸到电线插头上，被发现后，又将自己反锁在房间里，用刀片割断手腕动脉和颈部血管，并喝了煤油。

幸好，他两次都被人救下，精神亦渐渐平复。

经过这几番折腾，张兆和更加不愿和他拉近距离。有几年，她和沈从文分开住。每天晚上，沈从文来她这里吃晚饭，之后带着第二天的早饭和午饭离开。即便是一顿晚饭的短暂相处，张兆和还是觉得尴尬。

不过，张兆和还是时常收到沈从文的信，信中的内容，仿佛自言自语："你不用来信，我可有可无，凡事都这样，因为明白生命不过如此，一切和我都已游离。"

可惜，她没能读懂他的心酸。

1969年，沈从文下放前夕，二姐张允和来看他。他的房间很乱，没有下脚的地方。张允和就站在沈从文面前，看他从鼓鼓囊囊的口袋中，掏出一封皱巴巴的信："这是三姐给我的第一封信。"他把信举起来，面带温柔的羞涩，之后竟然吸溜吸溜地哭起来。快七十岁的老头儿，哭得伤心又快乐，像个孩子。

她和他的爱情，从来没有找到一个交叉点。他们用了一生的时间，也没能做到真正了解彼此。

1984年，沈从文大病一场，所幸抢救后脱险，说话和行动却从此不便。四年以后，沈从文心脏病复发，离开他爱了一生，却一生都未曾真正得到的人。

沈从文去世后，张兆和整理他生前的文稿。直到这一刻，她开始思考他们的爱情、婚姻与裂痕："从文同我相处，这一生，究竟是幸福还是不幸？得不到回答。我不理解他，不完全理解他。后来逐渐有了些理解，但是，真正理解他的为人，懂得他一生承受的重压，是在整理编选他遗稿的现在。过去不知道的，现在知道了；过去不明白的，现在明白了……"

可惜，一切已经太晚！

苏青

不甘寂寞,却不如寂寞

她并非在唠叨抱怨，而是希望唤起女性觉醒。女人必须是独立的，婚姻与男人都不可依附，唯有靠自己才能改变命运。

　　苏青希望再也不要有任何一个女人陷入她那样的婚姻，更希望每个女人在失败的婚姻面前，都有选择离婚的勇气，而不是像她一样，足足浪费了十年，才终于觉醒。

婚姻不是女人的靠山

民国时期的女子,出生在中国传统礼教之下,又生长在东西方文化交汇的新思潮中。这是一个纠结的时代,同时也是一个给中国女性带来无限希望的时代。她们可以在大时代的背景下尽情展现自己的才华,却也有很多人被凉薄的家庭和社会捆绑。

苏青的一生,可谓既传奇,又平淡。当年,她与张爱玲并称为"上海文坛最负盛誉的女作家",虽然在名气上,苏青比不上张爱玲,但论起才华,她写的作品被张爱玲评价为唯一可以和自己相提并论的。

苏青原本姓冯,曾署名冯和仪,"鸾凤和鸣,有凤来仪",便是她名字背后的意义。很多女孩子,从一出生,父母便期盼着她能出落成凤凰,苏青的父母也不例外。

冯家是宁波当地的名门望族,也是远近闻名的书香世家。不过,苏青是在外婆家长大的,那里是乡下,亲戚很多,家人常常带苏青四处串门。这样的生活在苏青看来,既简单,又有趣。乡下空间开阔,也给了苏青无拘无束的成长空间。

童年的苏青，就像万千普通女孩一样，无忧无虑地成长。到了该读书的年龄，才回到上海读书。那时，苏青的父亲事业顺利，在上海银行升职做了经理，同时做生意也赚了一些钱。

既能衣食无忧，又能接受良好的教育，苏青的童年值得当时太多女孩羡慕。父亲不仅为她安排好了学校，还希望她能学会英语和音乐、舞蹈，成为一名淑女。不过苏青对这些并不感兴趣，父母也没有执意勉强她。

读书是苏青唯一的乐趣，她很努力，各科成绩都很优异。父母早早就为苏青订了一门亲事，那是一个家境不错的人家，未婚夫名叫李钦后。可是苏青并不希望这么早就嫁人，她希望有更多时间可以自由自在地读书。

1933年，苏青考入国立中央大学外语系。一场突如其来的变故，让苏青的家境日益衰落，她的学费和生活费都成了问题，甚至不得不依靠未来婆家送来的聘礼生活。

继续读书已成奢望，苏青不得不遵照母亲的意愿，肄业结婚。这正是李家早就期盼的结果，未来儿媳妇书读得太多，让李家有无形的危机感。苏青还在读书的时候，李家便多次催促她尽快过门，母亲也不止一次提出让苏青早点儿嫁过去。

或许，母亲是出于好意。她希望女儿未来的人生能有一个靠得住的男人来支撑。可惜，以好意开头的故事，往往有最糟糕的结局。

婚后不久，苏青发现丈夫和外婆的长孙媳妇私通。她很伤心，心情跌落谷底。读书是她缓解情绪的唯一方式，只有沉浸在书中，才能暂时忘记家中那些烦恼的事情。

恰好在此时，苏青发现自己怀孕，不知为何，面对一个即将到来的小生命，她怎么都高兴不起来。李钦后得知妻子怀孕非常开心，主动悔过，为了哄苏青开心，还提出带她去上海，并信誓旦旦要与她重新来过。

身为女子，苏青还是看重婚姻的。看到丈夫决定改过自新，她的情绪渐渐好转，满心喜悦地等待着一个小生命的降临，并且愿意给出轨的丈夫一次机会。她期盼着后面的日子能平静安稳，可惜到了上海之后，生活反而变得更加糟糕。

李钦后风流成性，一次又一次地出轨，苏青一次又一次地和他吵架，却让李钦后对她越发厌烦。在上海，他们一家人的生计陷入困境。直到这一刻，苏青才认清李钦后竟然是个没有责任心的男人。他爱慕虚荣，自私懦弱，苏青每天都在痛苦和愤怒中煎熬。

女儿的降生，让苏青的生活变得更加拮据。她独自抚养着女儿，每一件事都需要钱。她想出去工作，李钦后却无论如何不答应。她只能手心向上，摊开手掌向李钦后要钱，他却反手一记响亮的耳光，彻底打碎了这段名存实亡的婚姻。

苏青应该感谢李钦后的这一记耳光，让她终于清醒。结婚十年，她从未感受过一天快乐，只有悲伤与屈辱。她以为，为了孩子，她可以一直忍耐下去，无论丈夫是否爱自己，她也会付出一腔痴情。传统的教育，让苏青一度不具备和家庭生活决裂的勇气。她把希望寄托于幻想，幻想风流的浪子有一天会回归家庭。

可是无论她如何隐忍，浪子最终还是没有回头，反而将她的忍让当作懦弱，给足了他施暴的理由。

在学校里，苏青是同学们眼中"天才的文艺女神"；在家庭中，她却从未有一刻获得过丈夫的尊重。苏青明白，当自己不够强大、不够优秀、无法独立的时候，没有资格谈爱情。

先谋生，再谋爱

当代作家李筱懿说，先谋生，再谋爱。谋好生，有独立的经济基础，对女人来说是最重要的。我们的一生，所有人都是过客，只有自己才是故乡。

苏青决定离婚，她并不确定自己能否创造出幸福，但确定只有离婚才能为自己赢得尊严。

从中学时代起，苏青便热衷于写作。1935年，为了抒发产女的苦闷，苏青创作了一篇散文《产女》，投稿给林语堂主编的《论语》杂志。后来，这篇散文的题目改为《生男与育女》发表，这算得上苏青文学创作的开始。

离婚后的生活是艰难的，尤其是像苏青这样带着孩子，又没有经济来源的离婚少妇，她终于体会到，艰难的生活从不轻易施舍给任何人怜惜。

她四处托人找工作，每一份工作都只有少得可怜的薪水，孩子们的日常开销都难应付。苏青突然想起自己曾经发表过文章，终于决定要发挥所长，以文谋生。

说来可笑，一个天生的文学才女，走上文学之路的原因，竟然是快要活不下去。

苏青开始向各大杂志投稿，她将自己的亲身感受写成散文《论离婚》，笔触尖锐，终于引起了《古今》杂志的注意。这篇文章发表后，时任伪上海市市长的陈公博颇为赏识苏青的文采。

她曾这样描写陈公博："在辣斐德路某照相馆中，他的16寸放大半身照片在紫红绸堆上面静静地叹息着。他的鼻子很大，面容很庄严，使我见了起敬畏之心，而缺乏亲切之感。"

虽然缺乏亲切之感，但他们还是逐渐"亲近"了起来。后来，苏青在上海爱多亚路160号106室创办了天地出版社，发行《天地》杂志，社长、主编、发行人，都是她。

仔细想来，苏青与陈公博并未多么亲近。她夸赞他的鼻子，不过是一句无心的赞美。可在当时的中国人心目中，鼻子还代表着男性的生殖器。于是，苏青对陈公博鼻子的称赞，引来了他人的联想，觉得她是在称赞一个男人的性能力。

反倒是《天地》月刊，正式将苏青和张爱玲联系在一起。杂志创办之初，一度打不开销路。苏青自己扛着杂志，走到大街上卖。想要让杂志被更多人喜欢，就要迎合大众的口味，更要知名作家的稿子来撑场面。张爱玲是上海当时最大红大紫的作家，苏青便向她约稿。苏青的真诚打动了张爱玲，两个才女，惺惺相惜，张爱玲欣然同意为《天地》撰稿。不仅如此，两人甚至成为闺密。

有人说，苏青和张爱玲那时的关系"好得很，经常一同逛街一同看电影，还互相换裤子穿"。苏青曾当着众多女作家的面说："女作家的作品我从来不看，只看张爱玲的文章。"在场的一大批女作家为之愤怒，苏青和张爱玲却照样谈笑风生。

因为苏青，张爱玲才遇到了胡兰成，才有了一场轰动上海滩的倾城之恋。但苏青并不为此开心，因为她认识胡兰成更早，两人也有过一段情。

在《结婚十年》里，苏青曾写过一个叫谈维明的人。这个谈维明巧舌如簧，知识广博，藐视一切，让苏青惊叹：他长得不好看，又不肯修饰，然而却有一种令人崇拜的风度！他是个好宣传家，当时我被他说得死心塌地地佩服他了。

他们很快便发生了关系，但是结束之后，两人的关系便急转直下。谈维明似乎将苏青当成了交际花，在鱼水之欢过后会问她："你满意吗？"接着又问，"你没有什么病吧？"

有人说，这个谈维明，便是在影射胡兰成。苏青对这种说法不置可否，但自从胡兰成与张爱玲相爱，苏青与张爱玲也永远绝交了。

事业上的苏青，是个极具魅力的女性，也具备经营杂志的天赋。除张爱玲之外，鲁迅等人也都曾为她的杂志撰稿。在经营上，苏青实施预订杂志即八折优惠的策略，让杂志的销量不断增长，杂志社的生意越来越好。

与此同时，苏青将自己最著名的小说《结婚十年》放在《风雨谈》杂志上连载，受到上海市民的广泛追捧，成为畅销书的同时，还创造了当时出版行业的奇迹,其畅销程度,甚至超越了张爱玲的《传奇》和《流言》。

十年婚姻,字字血泪。书中讲述的都是苏青的亲身经历与感触,每一个已婚女人,都从苏青的书中找到了共鸣,并为之感动。婚姻中的各种问题,被苏青赤裸裸地剖析。她毫不掩饰自己对男人的期待、失望和抱怨,也从不避讳提及自己失败的婆媳关系。她让很多女人知道,只会伸手向丈夫要钱的全职主妇,注定无法得到丈夫的尊重;男人的外遇,是导致婚姻破裂最重要的原因之一。

她并非在唠叨抱怨,而是希望唤起女性觉醒。女人必须是独立的,婚姻与男人都不可依附,唯有靠自己才能改变命运。

苏青希望再也不要有任何一个女人陷入她那样的婚姻,更希望每个女人在失败的婚姻面前,都有选择离婚的勇气,而不是像她一样,足足浪费了十年,才终于觉醒。

为生存而妥协，虽不能免俗，亦不失真诚

苏青才思无双，落笔传情，同时她的身上还有着中国传统女人端庄贤淑的品行。她的文字，或许不如张爱玲的惊艳传神，却别有一番清新隽永。张爱玲曾说，读苏青的文字，有种"天涯若比邻"的广大亲切之感。就仿佛遇到一位相识多年的朋友，愿意听她倾诉人生的苦乐喜悲，以及她的满怀希望，甚至从她的倾诉中，还能找到自己的影子。

当上海沦为孤岛，苏青根本无意卷入政治纷争。她没有迎合当时的权贵，同时也对慷慨激昂的抗战文学敬而远之。

她只不过是一个普通的女人，只希望用自己的文字，唤醒天下所有女人。《结婚十年》出版之后，苏青的《歧途佳人》《浣锦集》《饮食男女》《续结婚十年》也陆续出版。其中，《浣锦集》被张爱玲认为是苏青最好的作品，张爱玲还专门为她写序《我看苏青》。

1945年，抗日战争结束，因为与大汉奸陈公博的"亲密"关系，

苏青备受舆论压力。人们骂她是"文妓""性贩子""落水作家""汉奸文人",司马文侦还在《文化汉奸罪恶史》中列出了张爱玲、张资平、谭正璧等十几个文化汉奸,苏青的名字也在其中。

1946年,陈公博被枪决。对于苏青来说,那是"报纸上第一项触目的消息"。

她本以为,即便时代变迁,自己依然可以再展芳华。于是,在1949年中华人民共和国建立之时,她和张爱玲都选择留在上海。苏青突然发现,自己的世界观,已经与这个新时代格格不入。于是,曾经在文坛红极一时的她和张爱玲,双双成为边缘人。

张爱玲很快便决定离开,苏青却决定脱下美丽的旗袍与高跟鞋,换上革命的马列装与浅口布鞋,主动去迎合这个时代。她加入了妇女团体"妇女生产促进会",算是对新生活的第一步尝试。可惜,这算不上一份工作,做不到最基本的养家糊口。于是,苏青便写了《市妇运会请建厕所》《夏明盈的自杀》等三十二篇稿件寄给香港《上海日报》,却没有收到分文稿费。

1966年,苏青被抄家批斗,又被剧团辞退,生活无着,还经常受邻居欺负。她和离婚的小女儿、小外孙三代人,挤在一间十平方米的房子里相依为命。

她对这个世界,已经没有一丝留恋。

1982年,六十九岁的苏青在寓所里去世。临终,她很想再看一看《结婚十年》,但可惜,家里并没有这本书。

泛黄的老照片中,年轻的苏青很美,标准的鹅蛋脸,一双明慧的大眼睛。抿嘴浅笑，颇有传统中国大家闺秀的风范。自从三十一岁离婚，她便终身没有再婚。虽然与不同有妻室的男人有过暧昧关系，说到底，她还是渴望家庭。不然，她也不会说出那样悲凉的话语："天下竟没有一个男人是属于我的。他们也常来，同谈话同喝咖啡，有时也请我看戏，而结果终不免一别。他们有妻，有孩子，有小小的温暖的家。"

凌叔华

女人不能堕落为某个人的妻子

出身于仕宦读书之门的凌叔华，一生都活得不疾不徐。她生活在红尘之中，却又仿佛与世俗无关。她是父亲的第十个孩子，是三姨太所生，"像一只缩在角落里的小猫，从不争闹"，却难掩天生的聪慧，再加上家里鸿儒往来频繁，对凌叔华产生了潜移默化的影响。

别急着世俗，生活会教给你一切

民国曾有这样一位女子，徐志摩盛赞她："眉目口鼻之秀之明净，我其实不能传神于万一；仿佛你对着自然界的杰作，不论是秋水洗净的湖山，霞彩纷披的夕照，或是南洋莹彻的星空，你只觉得它们整体的美，纯粹的美，完全的美，不能分析的美，可感不可说的美……"

她是凌叔华，论容貌，她与林徽因、韩湘眉、冰心并称为文艺界"四大美女"；论才华，她与冰心、庐隐、冯沅君、苏雪林齐名。

鲁迅曾在《中国新文学大系小说二集·导言》中评价凌叔华小说选材的独特性："她恰和冯沅君的大胆、敢言不同，大抵很谨慎地，适可而止地描写了旧家庭中的婉顺的女性。即使间有出轨之作，那是为了偶受着文酒之风的吹拂，终于也回复了她的故道了。这是好的——使我们看见和冯沅君、黎锦明、川岛、汪静之所描写的绝不相同的人物，也就是世态的一角，高门巨族的精魂。"

美籍华人教授夏志清则在《中国现代小说史》中评价"在创作才能，冰心、黄庐隐、陈衡哲、冯沅君、苏雪林等几位，都比不上凌叔华"。

出身于仕宦读书之门的凌叔华，一生都活得不疾不徐。她生活在红尘之中，却又仿佛与世俗无关。她是父亲的第十个孩子，是三姨太所生，"像一只缩在角落里的小猫，从不争闹"，却难掩天生的聪慧，再加上家里鸿儒往来频繁，对凌叔华产生了潜移默化的影响。

幼年时，凌叔华曾在自家墙壁上涂鸦，偶然被宫廷画师王竹林看到，认为这个孩子极有绘画天分。于是，凌叔华便成为王竹林的学生。她的绘画天赋引起了父亲的重视，父亲又专门请来慈禧的老师缪素筠教她画画，之后又有陈师曾、齐白石等知名画家对她进行指点。

入学之前，凌叔华便由大儒辜鸿铭启蒙学习英语、背诗词。精通七国语言的辜鸿铭，对凌叔华影响很深。到了晚年，凌叔华对大学者辜鸿铭的教导依然念念不忘。

幼年时期，便能接受当时最好的文化教育，凌叔华未来的文学创作与绘画之路早已打下了坚实的基础。

文学与绘画，可以洗净人身上的烟火气。她的生活，从未沾染世俗烟火。作为当时新时代的新女性，她拥有满满的自信与锐气。

1921年，凌叔华考入燕京大学，先选修动物学，后来转入外文系。也是从那时起，她开始文学创作。周作人是凌叔华的新文学课老师，她曾在给周作人的信中写道："这几年来，我立定主意做一个将来的女作家，所以用功在中英日文上，我大着胆，请问先生肯收我做作一个学生不？中国女作家也太少了，所以中国女子思想及生活从来没有叫世界知道的，对于人类贡献来说，未免太不负责任了。"

于是，她的笔下便诞生了《女儿身世太凄凉》《资本家之圣诞》《朝雾中的哈大门大街》，每一篇文章，都让她在北京文坛的名号更响亮一些。

很少有人像凌叔华这样，以文人和画家的双重身份进入现代文坛。有人说，她不是文如其人，而是文如其画。凌叔华最擅长画山水、花草，画中充满诗情，深受古代文人画的浸染。而她的小说，常用白描写意笔法勾勒出人物，像极了她的画风。

凌叔华曾评价自己："生平用工夫较多的艺术是画。"若真的如此，她便是天生的文学家。她将画笔代入小说，让她的文字有一种幽深、娴静、温婉之风，撩人心弦，耐人寻味。

徐志摩说，凌叔华的小说散发着"一种七弦琴的余韵，一种素兰在黄昏人静时微透的清芬"。她的文学作品，大多是平实、疏淡，浓淡相宜的，像极了山水画，一派空蒙、悠远之感，朦胧空灵，却又意蕴深长。

她经历过文学创作的辉煌，之后便被动地从文学史上淡出。回忆起自己的创作生活，凌叔华觉得是"格外幸运的"。

她曾这样总结自己的文学作品："《酒后》是在北大教授主办的《现代评论》投稿的，登出后，鲁迅在《语丝》上特别提出来称赞，随后丁西林又把它编为独幕剧，日本当时最负盛名的杂志《改造》也被选译出来。《绣枕》曾被选入鲁迅编的《中国新文学大系》中。《太太》曾被哥伦比亚大学的中国文学教授王际真翻译印在他那本《中国小说选》内。《杨妈》是经过胡适悬赏而写的。《写信》与《无聊》是经过朱光潜品评的。《搬家》曾在国内选入《中学生国文选》。《死》是开明十周年纪念专刊登载的。《一件喜事》是登在大公报《文艺周刊》（1936年）的；载出以后，东京帝大的外语系即把它译成日文及俄文登载出来。近年我把它译成英文，放在我的《古歌集》（又译为《古韵》，英文名为 *Ancient Melodies*）里，英国的《泰晤士文学专刊》在1954年撰文介绍《古歌集》还专提到这一篇。他们这文学专刊轻易不肯为文称道人，这是我没有想到的。"

信任比爱慕更难得

泰戈尔曾评价凌叔华:"凌比林(林徽因)有过之而无不及。"

1924年泰戈尔访华,众所周知的是林徽因、徐志摩、泰戈尔三个人的"岁寒图",却鲜有人知,当年迎接泰戈尔的那场不落俗套的茶话会,便是凌叔华以女主人的身份主持的。这场世纪大聚会的地点,就在凌叔华家中的客厅,她用一百枝花布置了客厅,杏仁茶是现磨的,点心是提前定制的,排场虽不奢华,却极为典雅,富有韵味。凌叔华穿梭于名流之间,谈吐珠玑,风华绝代,是那场聚会最大的亮点。

也是在这场聚会中,凌叔华邂逅了生命中最重要的两个男人——陈西滢和徐志摩,前者成为她后来的丈夫,后者成为她一生的挚友。那次茶话会之后,凌叔华的家便成了"大小姐的客厅",比林徽因的"太太的客厅"早了许多年。她将心爱的大书房用作京城大文人的沙龙,二十四岁的凌叔华,还是一名单身的学生,既朝气蓬勃,又风姿绰约,陈西滢和徐志摩都不由自主将目光投在她身上。

当时的徐志摩在陆小曼和凌叔华之间左右逢源,没有人知道他究竟更偏爱谁。不过关于和徐志摩的关系，凌叔华曾公开澄清："我对徐志摩向来没有动过感情，我的原因很简单，我已计划同陈西滢结婚，陆小曼又是我的知己朋友。"

事实似乎的确如此，凌叔华和徐志摩真的做了一辈子的好朋友。徐志摩生平唯一一次给人作序，便是为凌叔华的第一部小说《花之寺》；徐志摩的处女诗集《志摩的诗》出版时，扉页上的题词"献给爸爸"，就是凌叔华的手笔。

徐志摩也曾亲口承认："唯有凌叔华是唯一有益的真朋友。"因此，他才两次将八宝箱交给凌叔华保管。

所谓"八宝箱"，是徐志摩用来盛放日记、文稿和陆小曼两本初恋日记的小提箱。后来，徐志摩又陆续添加了一些自己的稿件和两本日记，以及他在欧洲期间写给陆小曼的大量情书。

徐志摩曾对凌叔华说，八宝箱中有些"不宜陆小曼"看的东西，同时也有一些陆小曼批评林徽因的话，以及关于胡适和张歆海的闲话。因此，这既是八宝箱，也是"是非箱"。

徐志摩去世之后，很多人想要得到这个八宝箱，首先便是陆小曼和林徽因。林徽因曾亲自登门索取，凌叔华拒绝了。林徽因并不死心，向胡适寻求帮助。与此同时，陆小曼也写信给胡适，请他帮忙拿到箱子。

于是，胡适差信使登门，以为徐志摩整理出书纪念的理由索取箱子。凌叔华很勉强地把八宝箱交给信使，又附上一封信，要求胡适把箱子送给陆小曼，可胡适却送给了林徽因。

听说胡适把箱子交给了林徽因，凌叔华立刻写信给胡适："前天听说此箱已落入林徽因处，很是着急，因为内有陆小曼初恋时日记两本，牵涉是非不少（骂林徽因最多），这正如从前不宜给陆小曼看一样不妥。"

凌叔华希望将箱子要回来，可惜没能如愿。为此，她一直觉得很对不起徐志摩。

胡适在得到八宝箱十八天后，又写信给凌叔华，责备她把徐志摩的两册英文日记藏为"私有秘宝"。凌叔华坚称自己没有藏私，一时间，这著名的八宝箱变成了一段公案，也在原本是朋友的凌叔华、胡适和林徽因的心头蒙上了一层阴影。

因为此事，林徽因还专门写信向胡适抱怨凌叔华："我从前不认得她，对她无感情，无理由的，没有看得起过她。后来她嫁给通伯，又有《送车》等作品，觉得也许我狗眼看低了人，始大大谦让真诚地招呼她，万料不到她是这样一个人！真令人寒心。"

林徽因还在信中提到，徐志摩曾对自己说过"叔华这人小气极了"的话，林徽因也曾提醒徐志摩："是吗？小心点吧，别得罪了她。"

在信的后面，林徽因又说："女人小气是常事，像她这种有相当学问与知识的人也该学点大方才好。现在无论日记是谁裁去的，当中缺了一段是事实……她是最有嫌疑的。因为志摩不会自己撕的，小曼尚在可问。"

此后数十年，凌叔华与林徽因都否认这些东西在自己手上，真相如何，亦无从考证。只是，凌叔华在晚年之时，还曾为自己辩解，说自己当年就将八宝箱中的东西全部交出，其中就包括陆小曼的两本日记和徐志摩的两本英文日记。

纵然凌叔华为八宝箱的归属权与所在之处与他人争执，但从她口中，从未透露过任何有关箱中的秘密。她是个守得住秘密的女人，这也是徐志摩为何只信任她一人的原因。

生活不只有苟且，还有诗和远方

流言蜚语，风花雪月，都不曾扰乱凌叔华有条不紊的脚步。1926年，她嫁给了陈西滢。在给胡适的信中，凌叔华写道："在这麻木污恶的环境中，有一事还是告慰，想通伯已经向你说了吧？……适之，我们该好好谢你才是……这原只是在生活上着了另一种色彩，或者有了安慰，有了同情与勉励，在艺术道路上扶了根拐杖，虽然要跌跤也躲不了，不过心境少些恐惧而已。"

她很明白地表示出自己对这桩婚姻的期望，陈西滢是个令她满意的丈夫。

然而，结婚仅仅两个月之后，凌叔华就发现，自己和陈西滢是非常糟糕的结合。

凌叔华是个浪漫的人，爱幻想，热爱一切事物，需要爱情的滋养，而陈西滢却总爱说些"尖酸刻薄"的话，要是有人说他，他便沉默不语，以免得罪人。除此之外，陈西滢还是个刻板的批评家，最喜欢浇灭凌叔华的激情。他不苟言笑，每天都板着一张脸。

当觉察到两个人之间只有自己的爱情是活着的，凌叔华病了，一度瘦得厉害。她向往爱情，渴望爱情，整整十年，她都在无爱的婚姻中苦苦煎熬。

就在此时，一个名叫朱利安·贝尔的年轻小伙子出现在凌叔华的面前。他是英国人，是英国著名女作家弗吉尼亚·伍尔夫的外甥。自从遇见凌叔华，他便发现自己的心彻底地属于她了。

贝尔比凌叔华小八岁，刚来中国时，他只会讲英文，学校里会讲英文的人不多，凌叔华便承担起照顾他的责任。他热情洋溢地对凌叔华讲述自己的成长经历、见闻，以及和各种艺术家的交往。凌叔华觉得，那样的生活才是自己梦寐以求的。可是自从担任武汉国立大学文学院院长，陈西滢整个人变得更加严肃刻板了，尤其是他严格遵循西方职场规则，坚决不肯聘用凌叔华到校任职，这更让凌叔华不满。她不甘心自己就这样从一名新派女作家，堕落成某个人的太太。

凌叔华身上的才情，也深深地吸引了贝尔。几乎是抱着誓死的决心，他猛烈地追求凌叔华。他的追求让凌叔华迷恋，贝尔的出现，给她晦暗的生活带来了一抹暖阳。

他们恋爱了，并且在学校里传得沸沸扬扬。陈西滢很痛苦，他并不是不爱妻子，只是不知道如何去爱。关于凌叔华的出轨，他没有当面指责，只是写了很多信给贝尔，要求他不要再和自己的妻子见面。

爱上不该爱的人，本身就是错。贝尔无奈离开中国，决定把自己的一腔热情献给战争。在马德里保卫战中，他驾驶的救护车被炸飞，贝尔就这样牺牲在战场上，年仅二十九岁。

贝尔的死让凌叔华与陈西滢的关系一落千丈。生活在一个屋檐下,她却想方设法避免单独相处。表面上,他们相敬如宾,情感上,他们一直都没有和好。

偶尔,凌叔华会将自己的真实想法透露给女儿,女儿陈小滢不止一次听她说过:"一个女人绝对不要结婚。"大人们经常与陈小滢开玩笑,问她想不想要个小弟弟,陈小滢不知如何回答,便愣愣地看着母亲。每当此时,凌叔华便坚决地摇头。她的想法是:生孩子太痛苦,做女人太倒霉。

贝尔在世时,经常给姨母伍尔夫写信,毫不隐瞒自己爱上了有夫之妇,并且会向她通报自己恋爱的进程。于是,伍尔夫也开始注意起凌叔华,甚至鼓励凌叔华用英语写作:"别人有看不懂的地方,我可以替你修改。"

于是,凌叔华每写完一章,便寄给伍尔夫,伍尔夫看过之后再写下建议,寄给凌叔华。她们从未谋面,一生只用书信往来。凌叔华写的,便是自传体小说《古韵》。直到伍尔夫投河自尽,她们的书信往来才终止。

凌叔华的心中,装着童话,可残酷的现实总是让她无能为力。在陈西滢的无锡老家有一个旧时规矩,媳妇应该站在老人后面,给他们端茶倒水。这是凌叔华最看不惯的,即便是做,也是心不甘情不愿,最后索性装病不出现。

当内心痛苦到极点时,她便"告诫"女儿:"你绝对不能给男人洗袜子、洗内裤,这丢女人的脸。"她还说:"女人绝不能向一个男人认错，绝对不能。"

曾经，因为无法忍受文化生活的匮乏，凌叔华找了个借口说母亲去世要回去奔丧，便独自带着女儿离开。陈小滢还记得，母亲当时一点奔丧的样子都没有，母女俩从香港转到上海，再从天津一路回到了北平。

后来，凌叔华随陈西滢常驻英国，在那里，她找回了自己当年写给伍尔夫看的小说底稿。她将这些底稿整理成册，1953年，全英文的《古韵》出版，成为风靡一时的畅销书。通过这本书，西方人认可了这位书画才女，沉寂多年后的凌叔华终于盼来了她最渴望的各种文艺式的交际。

凌叔华义无反顾地奔赴自己的理想，与丈夫也越发疏离。她去新加坡南洋大学教书，一去就是四年，之后又留在马来西亚教书，20世纪60年代，又去加拿大任教。平时，她辗转各大国际城市，办个人画展；她的元、明、清画作藏品，在巴黎轰动一时。

她和陈西滢最终也没有离婚，却也没有找到让彼此亲密起来的办法。

九十岁那一年，凌叔华突然觉得自己来日无多，想尽快回国看看。她躺在担架上，由十几位医护人员护送着，来到了北海公园。这个场景，就像她在《古韵》中最后的一段描写："这是春天的画卷。我多想拥有四季。能回到北京，是多么幸运啊！"

陈香梅

把自己当成事业来经营

陈纳德说:"这么多年来,今天我才尝到了人生真正的快乐。"陈香梅说:"我们共同的生命即将开始。只要和你在一起,我便心满意足。"

婚后,她成了他的"小甜心",他成了她的"老头子"。清晨,他们相伴到楼顶看日出;夜晚,他们携手在月下散步。两个女儿相继出生,为他们的日子增添了更多的欢乐。

巾帼从不让须眉

1925年,陈香梅出生于北京。她的家族,是真正的书香门第。父亲陈应荣十三岁就留洋,先是在英国牛津大学获得法学博士,之后又在美国哥伦比亚大学获得哲学博士。回国后,陈应荣在北京师范大学当教务长兼英文系主任。

陈香梅的母亲廖香词与陈应荣是指腹为婚,同样来自真正的大户人家。陈香梅的外祖父廖凤舒,曾担任中国驻古巴公使。廖家"住的是轩门巨宅,用的是进口欧美家具,踏的是厚厚的中国地毯,起居室玻璃柜中陈列着中国的古玩。家规很严,吃晚饭时都需穿戴整齐如赴宴一般"。廖香词曾在英国、法国和意大利读音乐和绘画。在陈香梅的记忆中,母亲就是一位淑女。

陈香梅的童年,也有着优渥的生活条件。她在北京住的是中西合璧的四合院,家里有用人、车夫、门房、厨子、听差,以及专门负责打扫和洗熨衣服的老妈子。

她的名字,是外祖父取的。陈家一共有六个女儿,陈香梅排行第二。姐妹六人,她的性格受母亲影响最大。学识渊博的母亲常常告诉陈香梅:"淑女应该居心仁厚。"母亲还说:"一个人的出身和成就,都是次要,要紧的是能把握人生的真谛。"只不过,那时的陈香梅还太小,不能体会这句话的含义。

1937年卢沟桥事变爆发后,日军全面侵华,陈廖两家的家产几乎荡然无存,陈香梅跟随家人从北平流亡到香港避难。在北平时,一家人的生活还能勉强应付。陡然搬到高消费的香港,生活很快就变得捉襟见肘。

父亲此时去了美国作外交官,母女七人留在香港铜锣湾居住。没过多久,廖香词罹患子宫癌,很快便病故了。那时的陈香梅还不到十四岁,大姐还不到二十岁,最小的妹妹才六岁。失去了母亲,父亲又不在身边,六姐妹在生活上十分无助。陈香梅是姐妹中最有见解和最有能力的,自然就成了姐妹中的主心骨。

香港沦陷时,姐妹六人正在圣保罗女书院寄读。日寇的铁蹄四处践踏,香港变得日无安宁,最糟糕的是,她们与父亲失去了联系。为了避免遭受日本人的摧残,陈香梅决定带着姐妹们离开香港,逃回内地。

这注定是波折坎坷的一路。出发之前,陈香梅把母亲留下来的珠宝一部分缝在棉衣里,另一部分藏进挖有洞的书里,作为日后的经济来源。她们先从香港坐船到了澳门,过海关时,面对日本海关的搜身,纵然早熟镇定,陈香梅还是吓出一身冷汗。好在,她从容应对,成功地保住了母亲留下的遗物。

船上挤满了逃难的人,六姐妹好不容易在甲板上找到容身之处,却不敢移动分毫。因为只要一走开，位置立刻就会被人抢走。原本三个钟头的行程，邮船竟然开了三天三夜。好不容易到了澳门，接下来的路越发难走。

从澳门到广州湾，陈香梅不敢再走水路，因为害怕遭到日本人的拦截。她只能带着姐妹，跟随众多逃亡的人一同步行。沿途时常遇到轰炸，还要躲避趁火打劫的土匪。一路上，她们随处都能看到草草建起的新坟，躺在里面的都是没能成功穿越封锁线的难民。

十五天的路程，她们觉得仿佛漫长得如同一个世纪。到达广州湾的赤坎市，陈香梅发现，那里处处挤满了难民。客栈家家住满，几番周折，陈香梅才和姐姐在赤坎西关楼附近租下一间简易的平房。

她从未住过如此恶劣的环境，空气里充斥着垃圾的腐烂气味，让她联想到死亡。虽然住宿环境奇差，但好歹算是一处容身之地。如何活下去，才更考验人心的韧性。

因为物资短缺，当时物价奇高。六姐妹身边并没有太多现金，陈香梅不得不变卖母亲留下的珠宝。她和大姐拿着一套钻石项链和戒指、一对玉镯去变卖，遇到了一位外地商人。对方坚持必须验货，确认是真货后才付款。年轻的两姐妹轻信了他人，将带来的珠宝全部交给对方。当第二天陈香梅找到对方居住的旅馆时，才发现早已人去楼空。

这次受骗，令六姐妹的生活雪上加霜。没过多久，广州湾也变得兵荒马乱。继续等待父亲的消息，已经希望渺茫。陈香梅决定离开，带着姐妹继续逃亡。

她联系了一所桂林的学校，决定先去那里安顿下来，等待父亲的消息。

从广州湾到桂林,沿途都是荒凉的小村落,根本找不到住宿的地方。她们只能和难民挤在一起,姐妹六人只能挤在两张木板床上。虱子、臭虫、老鼠强占了难民居住的地方,姐妹六人身上被咬出大片大片的红肿,陈香梅在如此恶劣的条件下,染上了疟疾。

即便生病,她依然不敢耽误行程,强行带病走了两天,病情不断加重,又染上了痢疾。六姐妹不得不停下来,好不容易找到一个铁皮仓库,姐姐又找来当地的郎中给陈香梅看病。药喝下去后,陈香梅依然不见好转,反而开始高烧,人事不省,昏死过去。

姐妹们守在陈香梅身边大哭,她们知道,如果陈香梅死了,她们可能便要一同死在这里。熬到第三天,奇迹出现了,陈香梅醒了。她们简单地休整之后,将身上的首饰贱卖掉,重新出发。

辗转一个半月,六姐妹才终于到达桂林。一路上,她们没有食物,就吃蝗虫、蚱蜢。偶尔买到一点食物,陈香梅全部分给妹妹,自己躲在角落里吃豆子。那段地狱般的逃难岁月,真正让陈香梅的意志受到了磨炼。

到了桂林,她们终于联系上父亲。父亲想带六姐妹去美国留学,陈香梅却拒绝了。她说:"我不能在祖国受难时离开她。我要工作,要尽我对祖国的责任。"

爱情是可以跨越国界与年龄的

1944年,陈香梅大学毕业后去了昆明,成为中央通讯社一名战地记者。她精通外语,性格外向,在记者的岗位上尽情施展自己的才华,表现得非常出色。她经常被派去采访一些国内要员,甚至访华的外国人。

那一天,陈香梅被派去采访驻华空军特遣队司令陈纳德准将。在等待采访的过程中,陈香梅有些忐忑。她听说陈纳德是个出了名的凶悍角色,面对媒体时,他通常都不给好脸色,而且据说特别粗鲁,很多记者都对他感到头痛。

等待片刻之后,一个瘦削笔挺的美国军官走了进来。在场的记者很多,军官用浑厚的嗓音向大家打招呼:"早上好,先生们。"当他的目光落在陈香梅身上,便又补充了一句:"以及女士。"并且,他还对陈香梅展露一个温暖的微笑,陈香梅紧绷的神经立刻放松下来。

这个军官就是陈纳德,他的谈吐充满智慧,陈香梅对他充满好感。采访结束后,陈纳德径直朝着陈香梅的方向走了过来,令陈香梅意外的是,他竟然邀请她喝茶。

聊天中，陈香梅才知道陈纳德和她的父亲是故交。喝茶的过程中，陈香梅觉得一颗心小鹿乱撞。回到家里，她迫不及待地向姐姐描述陈纳德的英俊伟岸，姐姐一眼便看出，妹妹恋爱了。

自从那次采访之后，陈香梅就成了航空队的"常客"。她迫切地想要知道更多关于陈纳德的故事。每一次见面，他们相谈甚欢，总有聊不完的话题。渐渐地，他们之间的情感出现了微妙的变化。

可惜，陈纳德是有妻子的。他们虽然感情不和，但还没有离婚。陈香梅强迫自己理智一些，可是见不到陈纳德，她还是有些怅然若失。陈纳德身边的士兵也发现，只有在见到陈香梅的时候，这位司令官的脸上才会挂着甜蜜的微笑。

第二年夏天，陈纳德决定返回美国。临别之前，他温柔而坚定地在陈香梅耳边低语："我会回来的。"

可是，陈纳德离开不久，陈香梅被调往上海。一想到陈纳德，她便心神不定，时刻期待着他能从美国传来消息。直到有一天，陈香梅看到一条简短的美联社电讯："克莱尔·李·陈纳德少将已于今日在旧金山搭机前往中国上海，他拒绝谈论此行的目的。"

无须谈论，他此行的目的只有她知道。那一刻，陈香梅的心狂跳不已。

三天之后，陈纳德的飞机抵达目的地。陈香梅早已在机场等候，他的目光，一眼便从记者群中将陈香梅锁定。那天晚上，他们共进晚餐，陈纳德拉着陈香梅的手告诉她："安娜，我现在是自由人了！我终于可以告诉你，我爱你，我要你嫁给我。"

然而，他们的恋情，很快遭到了陈香梅家人的反对。他们之间相差三十二岁，陈纳德甚至比陈香梅的父亲还大三岁。曾有朋友劝陈香梅："你要想清楚，如果你与一个年龄比你大这么多的人结婚，你将要失去许多年轻人的享乐。"

将陈香梅带大的外公也说："我们家族中没有人和外国人结婚，跟他们结婚不一定是件好事。"陈香梅的父亲当时是驻旧金山的领事，甚至专门从美国赶回来反对女儿的婚事。

然而，陈香梅心意已决："我宁愿和一个我爱的人，共度哪怕只有五年、十年的日子，也不愿跟一个我没有兴趣的人相处一生。"

1947年12月21日，五十四岁的陈纳德与二十二岁的陈香梅携手走上了红毯。婚礼在他们上海的寓所举行，整个房间都被布置得充满爱的气息。在客厅中央，摆放着陈纳德特意让人用一千朵玫瑰做的花钟，象征他们的挚爱永恒。

陈纳德说："这么多年来，今天我才尝到了人生真正的快乐。"陈香梅说："我们共同的生命即将开始。只要和你在一起，我便心满意足。"

婚后，她成了他的"小甜心"，他成了她的"老头子"。清晨，他们相伴到楼顶看日出；夜晚，他们携手在月下散步。两个女儿相继出生，为他们的日子增添了更多的欢乐。

陈纳德在中国开了一家民用航空公司，常常需要四处奔波。但无论身在何处，他总会及时向她报平安，不让她担心。

美好的光阴，在不知不觉中流逝。在他们共度了十年的幸福生活之后，陈纳德的身体出了问题。他有多年的气管炎，越来越严重，到后来每天剧烈咳嗽不止。后来,他去美军医院接受一年一度的身体检查,陈香梅仿佛有某种不祥的预感,反复叮嘱丈夫检查一结束就给家里打电话。

她整整等了三天,电话铃终于响起。可是听筒里传来的并不是陈纳德的声音,而是院长的话:"我们有一个不幸的消息告诉你,我们在检查后发现将军的肺上有一个黑点,需要立即手术,希望你能在场。"

陈香梅不敢相信她最爱的人竟然得了肺癌,当她匆忙赶到医院的时候,陈纳德已经被推进了手术室。在他的床头,留着一封他写给她的信:"亲爱的小甜心,我并不怀疑明天手术后我仍会活着,与你以及我们挚爱的女儿们共同度过许多岁月。然而,你是明白的,一切事情都掌握在上帝手中,没有人知道他将于何时被召返他所来的地方。设若一旦我不能再见你或与你同在,在精神上我将永久伴着你以及孩子们。我以任何一个人所可能付出的爱,爱你和她们,我同时相信爱将永垂于死后……"

或许是上天眷顾,陈纳德活着出来了,可是病情并不乐观。在生命进入倒计时的日子里,他执意回家,想要陪伴在她的身边。

气管切除后的陈纳德无法吞咽,甚至说一个字都很艰难。可是他仍拼命用嘶哑的声音对陈香梅说:"无论发生什么事,我都想让你记住,我深深爱着你——远胜过我曾爱过的任何人。"

1958年,陈纳德病情加重,永远离开了陈香梅。十年相伴,过于短暂,但陈香梅并不后悔。她在他的墓前种下一株红豆,代表自己的相思。她说:"爱情不会因为死亡而中断的。如果上帝容我选择,我会在死后更加爱你!"

经营自己,何时开始都不晚

陈纳德去世时,陈香梅刚刚三十三岁。她的另一段人生,也在三十三岁这一年正式开始。

作为将军夫人,陈香梅得到了陈纳德留下的足够多的遗产,她无须为自己和两个年幼孩子的生计发愁。可是,她不愿将大好的光阴在碌碌无为中消耗掉。于是,陈香梅带着孩子搬到华盛顿,她要为自己接下来的人生进行打拼。

在美国,身为黄种人的陈香梅很难被主流社会接受。想要奋斗,她必须付出比白人加倍的努力和辛苦。很多人并不理解她为什么放着好好的日子不过,偏要苦哈哈地打拼。陈香梅却说,一切都是为了争一口气。

陈纳德在世时,她心甘情愿地享受他的庇护。当他离开,她也具备足够保护自己和孩子的能力。

陈香梅在佐治亚大学找到一份工作,担任一个小部门的主管。她的副手是一个白人男性。每天,她必须开车上班。可是学校只剩下一个停车位，没有给她，却给了她的白人副手。当时美国正值总统大选，民主党、共和党都在争取少数民族的支持。两个党派都来邀请陈香梅加入。于是她说："谁能够把车位给我拿回来，我就加入哪个党。"最后，共和党首先帮她抢到了车位，所以她就加入了共和党。

从此，陈香梅正式踏入美国政界和商界，并大获成功，取得令人瞩目的成绩。她接受肯尼迪委任到白宫工作，成为进入白宫的华裔第一人。之后，先后八个美国总统都对陈香梅委以重任。

除此之外，她还是飞虎航空公司的副总裁，是"全美七十位最有影响的人物"之一。她在美国巡回演讲，作品《一千个春天》在纽约出版后成为畅销书，一年之内销了二十版。

她终身没有再婚，却再也不是顶着"陈纳德遗孀"的身份生活，而是以一个魅力女人的形象存世。

1981年，陈香梅作为里根总统特使访问北京，在人民大会堂的欢迎宴会上，邓小平将她的位置安排在座席首位，参议员史蒂文斯却在第二位。被问及原因，邓小平充满赞许意味地说："因为参议员嘛，美国有一百来个，而陈香梅嘛，不要说美国，就是全世界也只有一个。"

朱梅馥

爱你,就陪你颠沛流离,与你同生共死

在任何男人的心目中,朱梅馥都是最温柔贤惠的妻子。她将家中的一切琐事承担起来,为傅雷营造了一个既舒心又闲适的家。当家中突遭变故,朱梅馥又用坚韧而又强大的爱,为傅雷撑起了坚固的保护罩。

青梅竹马，经不起异地恋的考验

很少有哪个女人像朱梅馥这样，一生扮演多重角色，并且一直坚持到人生的最后。很多人知道大名鼎鼎的傅雷，却不知道傅雷背后那个为《傅雷家书》默默写字校字的女人就是朱梅馥。她是最典型的中国传统女性，是为家庭完全付出的代表。或许有人觉得她的付出值得敬佩，但我觉得，如果一个女人完全活成了另外一个人的影子，难免让人怜惜。

朱梅馥比傅雷小五岁，是傅雷的远房表妹。他们从小一起长大，算得上真正的青梅竹马。

似乎女孩子总是比男孩子成熟得早一些，朱梅馥在很小的时候，尚且不懂得什么是爱，便已在懵懂中喜欢上了这个远房表哥。她最喜欢跟表哥玩，大人如果给了一些小孩喜欢的零食，她都舍不得吃，全给傅雷留着。

朱梅馥爱上傅雷，似乎是顺理成章的事情。因为亲眼见证过傅雷童年的遭遇，朱梅馥对他更多了几分母亲般的宠爱，甚至宠爱得有些迁就。

傅雷四岁时,父亲傅鹏飞受人陷害,含冤而死。幼年丧父,并不是上天对傅雷最残酷的打击。父亲死后不到一年,傅雷的两个弟弟和一个妹妹相继夭折。在朱梅馥的记忆里,傅雷的童年"只见愁容,不闻笑声"。

从那以后,母亲将全部的希望都寄托在傅雷身上。她的严苛,让傅雷度过了"修道院式的童年"。小孩子难免顽皮,傅雷小时候不肯好好读书,母亲便像包粽子一样将他包裹起来,打算扔到水里淹死;傅雷曾经在读书时打盹儿,母亲便用滚烫的蜡烛油烫他。

回忆起童年,傅雷感受不到任何快乐。在那段时间里,朱梅馥给了他最多的同情和疼爱。

几年之后,朱梅馥成长为亭亭玉立的少女,终于褪去了童年时的腼腆和羞涩。她是上海教会女校的高中生,良好的教育让她更多了几分端庄,当看到朱梅馥能将贝多芬的《命运交响曲》弹得行云流水时,傅雷发现,自己对这个小表妹的感情悄然发生了变化。

青涩的恋情,开始在这对远房表兄妹之间萌芽。傅雷在处女作《梦中》曾这样描述他们的恋情:"她在偷偷地望我,因为好多次我无意中看她,她也正无意地看我,四目相融,又是痴痴一笑。"

初恋的滋味妙不可言,朱梅馥觉得自己的一颗心都系在傅雷身上,随他的喜悲而喜悲。在双方父母眼中,他们是最合适的一对。于是,在傅雷出国留学之前,他们便订下了婚约。那一年,傅雷十九岁,朱梅馥十四岁。

一想到余生将与自己最爱的人相伴，朱梅馥心底便涌起一股甜蜜。不过，这短暂的欢乐很快便被忧伤取代。因为傅雷马上要去法国留学，这意味着他们要经历漫长的分别。不过朱梅馥是乐观的，想到只要表哥留学归来，她就会成为他的妻，欢乐很快又替代了忧愁。

她留在原地，保留着当初那份情感。他却投入一个浪漫的国度，开始了一段浪漫的邂逅。

在法国，傅雷认识了一个名叫玛德琳的姑娘。她的身上有完全不同于朱梅馥的热情，还有一双会说话的迷人的眸子，尤其是艺术方面有着出众的天赋。和玛德琳在一起，傅雷感到无比新鲜又刺激，他不顾一切地爱上了她。

傅雷曾这样比较玛德琳与朱梅馥："这两个姑娘就像一幅莫奈的画与一轴母亲手中的绢绣那么不同。"

三个人的爱情，注定有一个人要受伤，那个人就是朱梅馥。但傅雷的好友刘海粟，在无形中充当了朱梅馥的"保护神"。

提起傅雷与玛德琳，刘海粟曾说："两人频繁接触中，感情逐渐炽热起来。尽管傅雷早就爱上了朱梅馥，但现在面对有着共同爱好的玛德琳，他觉得，这位迷人的法国女郎，要比表妹可爱多了。"

几番权衡，傅雷决定牺牲掉朱梅馥的爱情。他打算向玛德琳求婚，与此同时，他给家里写去一封信，要求解除和朱梅馥的婚约。

原来，所谓青梅竹马的异地相望，依然比不过眼前人的朝夕相守。当两段爱情同时摆在面前，是不是大多数男人都会选择放弃更熟悉的那一个？总之，傅雷是这样选择的。

共同成长的十几年里，朱梅馥像个母亲一样包容傅雷的孤僻与愤怒，心疼他的遭遇，给予他无限的宠爱。一想到这些，傅雷心软了。他做不到亲手将信寄出去，于是找到好友刘海粟，请他帮忙寄信。仿佛这样，就不是他亲自伤害了朱梅馥的感情。

令傅雷难以置信的是，他与玛德琳的爱情，不过是他的一厢情愿。玛德琳是个彻底的不婚主义者，她坚信婚姻是爱情的坟墓，拒绝了傅雷的求婚。

傅雷骨子里是个传统的中国男人。没有婚姻的爱情在他看来是不道德的。玛德琳的拒绝让他失望，想到自己的爱被"玩弄"，他便无比愤怒，几乎想要举枪自杀。

清醒过来的傅雷，对自己辜负了朱梅馥的行为懊悔不已。庆幸的是，刘海粟并不看好他与玛德琳的恋情，更不愿伤害无辜的朱梅馥，于是他将那封退婚信扣了下来，并没有寄出去。

得知这个消息，傅雷长长地舒了一口气。或许那一刻的他，是心存侥幸的。如果朱梅馥知道这一切，不知是会失望，还是继续选择包容。

● "菩萨式的隐忍"不是大度,是委曲求全

无论如何,傅雷收了心。他说:"我痛定思痛,更觉得梅馥的可爱。"

1932年,二十四岁的傅雷留学归来,与朱梅馥举行了一场隆重的婚礼。婚后的生活,让傅雷更加庆幸自己当初作了正确的选择。

在任何男人的心目中,朱梅馥都是最温柔贤惠的妻子。她将家中的一切琐事承担起来,为傅雷营造了一个既舒心又闲适的家。当家中突遭变故,朱梅馥又用坚韧而又强大的爱,为傅雷撑起了坚固的保护罩。

婚后不久,他们便有了爱情的结晶。可惜,这个孩子不幸夭折,紧接着,傅雷的母亲去世。童年的遭遇让傅雷在情感上十分脆弱,接连两次失去亲人的打击,让他再次被忧郁笼罩。在傅雷面前,朱梅馥没有脆弱的资格,她必须强大起来,陪他熬过那段艰难的岁月,拼尽全力照顾他。

婚姻当中,若有一方无底线地付出,渐渐地就会成为理所当然。朱梅馥就是如此,当初傅雷的母亲选中她做儿媳,就是看中了她"文

静、温柔、善良,跟所有人都相处得很好,是个天生的、伺候自己儿子的女人"。

傅雷的母亲的确没有看错人,为了傅雷,朱梅馥甚至宁愿放弃自己的名字。她出生在正月十五,正值蜡梅盛开的季节。父亲希望她如梅花般高洁芬芳,一生都有福气,于是给她取名朱梅福。可是,傅雷嫌这个名字俗气,替她改名朱梅馥。

后来,傅雷又用法文称她为"玛格丽特",这是在称赞她像歌德作品《浮士德》里的玛格丽特,美丽而温柔,以自己的容忍化解一切,不给他增添任何烦忧。朱梅馥担得起这个名字,却注定无法做真正的自己。

傅雷的坏脾气是出了名的,童年的遭遇让他的内心不够阳光,他总是认为"生活往往是无荣誉无幸福可言的,是在孤独中默默进行的一场可悲的搏斗"。他是忧伤而又愤怒的斗士,朱梅馥则在他身后无微不至地抚平他的伤口。

即便如此,朱梅馥还是动不动就要承受傅雷无端的怒火,他甚至会打她和孩子,她依然选择隐忍。心疼孩子挨打的时候,她也只能避开丈夫默默流泪。她的两个儿子说:"她是无名英雄。没有妈妈,就没有傅雷。"

在朱梅馥的心里,根本没有给自己留任何位置。她的一切言行,都是围绕着傅雷产生的。傅雷定下家规,吃饭时不许讲话;咀嚼时不许发出很大声响;用匙舀汤时不许滴在桌面上;吃完饭要把凳子放入桌下,以免影响家中"交通"……朱梅馥是最认真的执行者,并且还会督促两个孩子去做。

傅雷喜欢音乐，她便常常为他弹奏；傅雷爱花，她便半夜陪他起来，打着手电筒在小花园里进行嫁接实验。

她永远仰望着自己的丈夫，傅雷所取得的成就，朱梅馥功不可没。傅雷的文稿多，杂乱无章，每一篇都是朱梅馥亲手排序整理好，再一笔一画用娟秀端正的字迹誊抄下来，永远一丝不苟。就连傅雷给儿子傅聪写的信，她都要先誊抄一份留底，之后再亲手寄出去。

朱梅馥就像养育一株温室中的花朵一般照顾着傅雷，朱梅馥对傅雷的爱，已经远远超越了妻子对丈夫的爱，更像是母亲对儿子的溺爱。

当一个人笃定另一个人对自己深爱不变，便容易变得有恃无恐。傅雷就是如此。

一次去洛阳考察，傅雷遇到了一个汴梁（今开封）姑娘。傅雷还为她拍了照片，寄给自己的老友刘抗。傅雷还在给刘抗的信中说："你将不相信，在中原会有如是娇艳的人儿。那是准明星派，有些像嘉宝……"字里行间流露出得意。

他甚至还为那姑娘写诗："汴梁的姑娘，你笑里有灵光。柔和的气氛，罩住了离人——游魂。汴梁的姑娘，你笑里有青春。娇憨的姿态，惊醒了浪子——醉眼。"

不过，傅雷也向刘抗解释："是痴情，是真情，是借他人酒杯浇自己心中的块垒！——不用担心，朋友！这绝没有不幸的后果，我太爱梅馥了，绝无什么危险。我感谢我的玛德琳，帮我渡过了青春的最大难关，如今不过当作喝酒一般寻求麻醉罢了。"

究竟是他太爱朱梅馥，还是根本不会有人像朱梅馥一样爱他？总之，朱梅馥选择了宽容。

好景不长，当他们的婚姻迎来"七年之痒"，傅雷又爱上了一个女学生的妹妹。三十岁出头的傅雷，和那个姑娘爱得死去活来，甚至不顾一切，跑去昆明找那个姑娘。他的爱是那样狂热："没有她，就没有工作的灵感与热情。甚至，没有她，我就要没了命。"

那朱梅馥呢，他又何尝想过她的命？

得不到的爱，让傅雷日渐消瘦。朱梅馥不忍心，竟然将那个女人请到家里，当作上宾招待，甚至让她住下来。

傅雷和那个姑娘终于可以每天见面、谈话，同时仍然要每天写信，在信里吐露自己的爱情。有了那个姑娘的陪伴，傅雷仿佛重新焕发了活力，他们当着朱梅馥的面热烈地爱着，朱梅馥只能独自躲在无人的地方偷偷流泪。

朱梅馥决定，如果傅雷最终选择那个女人，她就自己带着孩子悄悄离开。她说："我爱他，我原谅他。为了家庭的幸福，儿女的幸福，以及他孜孜不倦的事业的成就，放弃小我，顾全大局。"

原来，爱真的能让一个女人失去自我。好在，朱梅馥的隐忍令那个女人折服，那个女人主动选择退出。

只为一人而活,不是生命的意义

1966年的初秋,在连续经历了批斗和凌辱之后,傅雷"就像一个寂寞的先知、一头孤独的狮子,愤怒、高傲、遗世独立,决不与庸俗妥协,决不向权势低头"。

那一天的朱梅馥无比平静,她陪着傅雷静静地坐在椅子上,已经有了赴死的决心。

进卧室之前,她吩咐家里的保姆第二天少买一点儿青菜。她的语气十分平静,保姆没有看出任何异样。

就连傅雷拿起笔写遗书的时候,朱梅馥还在一旁平静地看着,时不时小声提醒几句。他们把一切身后事交代得明明白白,就是为了不想亏欠、拖累任何人。他们甚至还在信封里放了53.3元钱,作为夫妻二人的丧葬费。

当遗书写好,朱梅馥动手撕开床单,就像平时整理家务一样端庄沉静,细心地做了绳索。之后,将绳索挂在卧室的钢窗上。因为担心踢翻凳子时会发出声音,打扰楼下邻居休息,她还细心地在凳子下面垫上了棉胎。一旁的傅雷端坐在躺椅上,他已经服下了剧毒的药物。在濒死的边缘,他们深情地凝望着彼此,仿佛即将共同奔赴的不是一场死亡,而是一段新生。

决定和傅雷共同赴死,朱梅馥是没有任何怨言和遗憾的。但她的很多亲友却为此感到意外。施蛰存说:"朱梅馥能同归于尽,这却是我想象不到的,伉俪之情,深到如此,恐怕都是傅雷的感应。"

儿子傅聪悲伤地说:"我知道,其实妈妈在任何情况下都可以忍受得过去……"

不管日子多么艰难,多么委屈,她总是能把眼睛笑成一弯月牙,认识她的人,都说她像活菩萨。

其实,朱梅馥的死,就是为了陪傅雷。她曾说:"为了不使你孤单,你走的时候,我也一定要跟去。"

她是这个世界上最懂傅雷的人,知道以他宁折不弯的刚硬性格,在当时的情况下,必然会选择死亡。

在朱梅馥的意识里,她只为傅雷一人而活。即便坚韧如她,可以忍受住炼狱般的痛苦,但如果傅雷不在了,她又为什么而活?

她说:"我们现在是终身伴侣,缺一不可的。我的使命就是帮助和成全那个人。"

《创世记》中说,夏娃是亚当身上的一根肋骨。或许朱梅馥也是这样认为的。她是这个世界上最妥帖的肋骨,因为她曾经对儿子傅聪说:"我是一家中最不重要的人,还自认为身体最棒,能省下来给你爸爸与弟弟吃是我的乐处,我这个作风你在家也看惯的。"

她还说:"我虽不智,天性懦弱,可是靠了我的耐性,对他无形中或大或小多少有些帮助,这是我觉得可以骄傲的,可以安慰的。"

杨绛曾评价朱梅馥,称她是"温柔的妻子""慈爱的母亲""沙龙里的漂亮夫人""能干的主妇",还是傅雷的"秘书"。这些评价都是褒奖,但可惜朱梅馥一生都没有活出真正的自我。

郭婉莹

哪怕跌落尘埃,也要优雅如神

经历过贵族的生活再成为贫民之后,她依然可以活得那么坦然。当一切变得好起来之后,对于曾经所受的遭遇,她只字不提。她只不过将这些遭遇当作人生的一种经历,只要活着,她便要一直优雅到老。

优雅是一种习惯

旧上海的名媛，有那么一位真正的贵族。她叫郭婉莹，上海永安百货的郭家四小姐，一个由内而外透着优雅的女子。她美丽、端庄、骄傲，而又倔强，同时，还有一颗天使般纯洁柔软的心。

小时候的郭婉莹，真的如同上天送给人间的天使。她有着"娇柔的眼神、光滑的额头、粉嫩的脸颊、白藕般的手臂，再配上精致的白色蕾丝裙子、软底的小白鞋，宛如一个纯洁的小天使"。

出生在澳大利亚的她，那时还不叫郭婉莹，而是戴西。直到多年以后，她还是喜欢大家叫她戴西，或许这个名字让她联想起的，总是快乐而又温暖的记忆。

因为父亲受孙中山的邀请回国发展资本经济，繁荣市场，郭婉莹便随着家人回到了中国上海。她终于见到了许多和自己一样黑头发、黄皮肤的人，但她那一口流利的英语，却让她在祖国显得格格不入。

为了让郭婉莹说好母语，父亲将她送进一所广东女子学校，后来又将她安排到宋氏姐妹学习过的贵族学校。

她终于能把拗口的中文说得流利了,同时英语也成为她额外的才能。在学校里,郭婉莹是备受宠爱的公主,在家里,她是衣食无忧的四小姐。

父亲将百货公司经营得风生水起,生活在郭婉莹看来,便是应该好好享受的。她在学校里学会了音乐、科学,阅读了很多书,还爱上了体育,甚至学会了如何做一个称职的宴会女主人。聪明又美丽的她,活得那样快乐,那才是生活原本呈现出来的模样。

从中西女塾毕业之后,郭婉莹已经成长为一名美丽端庄的少女。像她一样家境优渥的女孩子,毕业之后通常有两条路可以走,一条是结婚;另一条则是去美国留学。郭婉莹最想走的是后一条路,可是父亲觉得女孩子去美国学习没什么好处。郭婉莹无奈只能留下来,更让她无奈的是,父亲还为她订了婚,对方是一名富家子弟。

郭婉莹还没有做好成为一个妻子的准备,并且,她也不打算就这么随便地把自己的后半生交付给一个并不熟悉的人。对她来说,未婚夫根本就是个陌生人,并且通过短暂的相处,她发现自己对他根本毫无好感。

她的未婚夫曾送给她美国玻璃丝袜,并且说:"这袜子真结实,穿一年都不坏。"郭婉莹无法接受自己嫁给一个只会谈丝袜结不结实的男人。

这种毫无趣味的生活是她最不能容忍的。她想拒绝这门婚事,可未婚夫却不依不饶。他拿着一把手枪,威胁说要杀了她。郭婉莹却云淡风轻:"你不杀我,我不愿意和你结婚,你要是杀了我,我也不会和你结婚，因为我再也不能和你结婚了。"

他又以自杀相威胁，郭婉莹又说："现在你好好地回家去，只是不和我这样一个人结婚，要是你杀了你自己，你就永远不能结婚，连整个生活都没有了。"

郭婉莹就这样轻而易举地解除了婚约，不当少奶奶，继续当学生。她去了北京，进入燕京大学心理系求学。在求学的过程中，她向往着美好人生，坚持着个人理想。当她从北京回到上海时，带回了燕京大学的毕业证书和心理学学士学位证书。

很快，她遇到了和她一样追求自由，只想让生活变得"好玩"的男版郭婉莹——吴毓骧。他是福州林则徐家的后代，他母亲的奶奶是林则徐的女儿，只不过到了吴毓骧出生时，他的家族已经变成了清寒的书香门第。

吴毓骧十九岁那一年考上"庚子赔款"的公费留学生，到清华大学留美预备部读书。恰好那时爆发了五四运动，吴毓骧也成为游行学生中的一员，甚至被抓进了警察局。政府担心学生们闹事，提前将他们送去美国，吴毓骧被送进的学校便是麻省理工学院。

其实，吴毓骧的人生目标与郭婉莹不谋而合，都是"have fun"。他们觉得生活就应该有趣。

在美国，他很快学会了美国人的自由、热情与浪漫，在女孩子的眼中，他是风流倜傥又风趣幽默的男子，几乎成为女孩子的大众情人。

学成归来，吴毓骧先是在清华大学教书，不久又辞职回家，在一家外国牛奶厂做行政人员。生活富足,每天穿着笔挺的西装,穿梭在上海的十里洋场。

他虽然爱玩,却不浅薄。家里曾为他安排了一门婚事,对方是一位富家小姐。吴毓骧给了她三百块钱,让她上街随便买自己喜欢的东西。这位小姐买回一堆胭脂水粉和花布,吴毓骧果断地回绝了这门婚事。他说:"我怎么能讨这样的女人?"

当吴毓骧遇上郭婉莹,两个超脱世俗的人立即产生了化学反应。他们都不把婚姻当成柴米油盐过日子,而是寻求更加快乐的游戏态度。这样的两个人,是天生一对,注定要走到一起。

女人要懂得依赖，又不能过于依赖男人

二十五岁，郭婉莹与吴毓骧举办了豪华的婚礼。她是太多男人心目中的女神，但在心爱的人面前，她变成了一个满怀期待的待嫁少女。为了拥有一场梦幻的婚礼，郭婉莹在婚礼半年前就开始忙碌。

她信不过别人，一切都亲自打点：亲自准备礼服、采购物品、订购家具、布置新居。当一切准备妥当，她本就纤细的身材又瘦了一圈。

这堪称一场世纪婚礼，郭家为了庆祝四小姐出嫁，摆了几百张桌子大宴宾客。美丽的郭婉莹穿着洁白的婚纱，映衬得皮肤更加白皙。一双长长的眼睛像小鹿般优雅地扬着，眼神中有掩饰不住的喜悦。不得不说，那是一件堪称完美的婚纱，贴身的剪裁将她的身材衬托得更加凹凸有致。婚礼上的郭婉莹，就宛如从童话里走出来的公主。

新婚的第一顿早餐，十指不沾阳春水的郭婉莹亲自准备了很久。她从小就习惯喝咖啡和牛奶，因为担心吴毓骧和自己的早餐习惯不一样，她甚至有些紧张忐忑。最后，她端上了新鲜橘子汁，还在麦片粥里加了牛奶和糖。

她满脸期待地看着丈夫一口口吃下她的爱，自己什么都没吃，只顾着问他："你喜欢吗？告诉我你平时吃什么式样的早餐？"

吴毓骧答："很好吃，但是通常我早上只在牛奶里打一个鸡蛋当作早餐。你平时习惯早上吃什么？"

郭婉莹"哦"了一声，说："我只喝一杯咖啡。"

把婚姻当作过家家，的确会轻松甜蜜很多。但若太过把婚姻当作游戏，便未免太不负责任。

婚后，郭婉莹和吴毓骧度过了一段相当幸福的生活。吴毓骧是个有趣的人，既有相貌，又有才气。这样的男人不只郭婉莹爱，别的女人也爱。并且，吴毓骧的性格，注定不会只满足于家庭生活，结婚后没多久，他便爱上了一个年轻的寡妇，并且这个寡妇还是郭婉莹一家的旧相识。

骨子里的骄傲让郭婉莹不甘心就这样输给一个寡妇，同时也不肯承认自己千挑万选的男人是一个糟糕的丈夫。她不想让自己的婚姻走向失败的结局，于是那天晚上，在朋友的陪同下，她来到那个寡妇家里，把丈夫带回了家。

郭婉莹再没有提这件事，在内心里，她是一个旧式温柔体贴的女子。面对丈夫的出轨，她选择宽容。

婚姻不易，郭婉莹在当年便有了切身感受。不过，丈夫的出轨，也开始让她反思自己的婚姻生活。最终，郭婉莹得出结论，她本就不是一个习惯相夫教子的生活。男人可以依赖，但不能过于依赖。她想要寻找一种生活的冲劲。

于是，郭婉莹和朋友合伙开了一家服装店，专门制作时尚的晚礼服。慕名而来的富人很多，服装店的生意很好。那段时间，郭婉莹既是幸福的少奶奶，又是独立的事业女性，时而清闲、时而忙碌的生活节奏刚刚好，她觉得人生又变得朝气蓬勃起来。

随着太平洋战争的爆发，郭婉莹不得不关闭了服装店。她的家庭也发生了巨大的变化。吴毓骧失业了，或许是突遭打击难以承受，他开始赌博，这让郭婉莹陷入恐慌之中。这是她从未感受过的情绪，为了维持生计，她甚至找了一份替报纸拉广告的工作。最困难的时候，家里连锅都揭不开。因为交不起房租，她只能带着丈夫和孩子回娘家去住。

好在艰难的生活并不长，吴毓骧在战后开始同德国人做医疗器械生意，很快发了财。与此同时，这个经历了几次事业失败的男人，终于收了心，回归家庭生活。毕竟，四十岁的年龄，也让他不再拥有英俊倜傥的外表，失去了风流的资本。

四十岁的郭婉莹，终于做回那个衣食无忧的少奶奶。丈夫的事业越来越大，她成了丈夫的英文秘书。当国内的形势开始发生微妙的变化，郭家的大部分人都选择移居美国，郭婉莹和吴毓骧却执意留下来。

即使落魄，也不能狼狈

他们的本意，是在好不容易等来的和平年代好好地生活。人到中年，郭婉莹和吴毓骧不再是把婚姻当作游戏的孩子，他们想认真一次，全身心地投入生意之中。

因为生意的关系，郭婉莹经常陪丈夫去香港。在那里，他们看到了许多曾经的熟人。与当年在上海的舒适生活相比，当时的他们显得有些无所适从。

那时的香港，远不如上海繁华，更像是一个小县城。那些在上海生活惯了的上流社会人士，再也找不到熟悉的生活模样。他们本想按照上海人的模式在香港继续经营生意，但香港的生意市场当时并没有发展起来，他们很快便一败涂地。很多当年的上海名媛，为了维持生计，不得不沦落成舞女。那些曾经骄傲的富家公子，也不得不变卖掉最心爱的汽车。

郭婉莹和吴毓骧开始庆幸自己的选择，并且对刚刚迎来的新生活满怀好感。

然而，一场前所未有的政治风暴袭来，彻底卷走了郭婉莹生命中的一切美好。

在那段特殊历史期间，郭婉莹成为被整治的重点对象。她被下放到农村养猪，每天从事最繁重的劳动。然而，她的头永远都是高傲地昂着，即便内心已经如油煎般地痛苦，她还是不允许自己活得狼狈。

她实在经历了太多别人不能想象的事。

她在东北整天剥大白菜被冻坏的皮，每天结束工作的时候，一双手已经完全冻僵。郭婉莹却说："谢谢天，我并没有觉得很痛，我只是手指不再灵活了。"

她在建筑工地上当过拌水泥的小工，还在副食品商店卖过鸡蛋和水果。每个月的工资只有二十四块，除去房租和儿子读大学的生活费，所剩无几。但是，一碗八分钱的面条，也能被她吃出诗意："它曾那么香，那些绿色的小葱漂浮在清汤上，热乎乎的一大碗。我总是全部吃光了，再坐一会儿，店堂里在冬天很暖和。然后再回到我的小屋子里去。"

即便如此，郭婉莹依然穿高跟鞋、布旗袍，梳着整齐的发髻。在贫民窟的煤球炉上，她会用铁丝在煤火上烤出恰到火候的金黄色吐司面包，还会用被煤烟熏得乌黑的铝锅蒸出彼得堡风味的蛋糕。

肯尼迪的遗孀杰奎琳问起她的"劳改"情况，她说："劳动有利于保持体形,不在那时急剧发胖。"

　　经历过贵族的生活再成为贫民之后,她依然可以活得那么坦然。当一切变得好起来之后,对于曾经所受的遭遇,她几乎只字不提。她只不过将这些遭遇当作人生的一种经历,只要活着,她便要一直优雅到老。

后　记

女人的精彩，在于内心丰盈

不知道从什么时候开始，"女神"遍布大街小巷。她们有着相似的"人工"容貌，覆盖上让人看不清真正长相的精致妆容，把自己套在时尚的华服当中，既希望人们尊她们为"女神"，又希望听到人们称她们为"少女"。

这些千篇一律的"美"，有的只是香艳的外表，缺少了精彩的灵魂。

真正的"女神"，不仅外表精致，而且人生精彩。回望这二十位民国美人，她们并非徒有皮囊，除了精致的外表，她们还有更丰富的内心。

所谓绝代风华，是无人能及的魅力。才情可以让女人傲然自立，活得美丽优雅。女人最值得回味的，是气质与韵味。只有如此，才经得起时间的考验。

这二十位民国女子，大多有着曲折离奇的人生，这些传奇般的故事，让她们的生命绚丽璀璨。敢爱敢恨，是她们的共同特点。除了美丽，她们还有智慧。虽然拥有不同的命运，但她们拥有同样精彩的人生。

身躯加上灵魂，才构成一个完整的人。女人不要只一味追求容貌的美丽，比容貌更能让你活得精彩的，是精神上的充实。

记得徐静蕾曾经说过："女人，总是被时光和生活雕刻着，今天，不妨为自己刻一顶华冠，一驾马车，一座宫殿。在自己雕刻出的世界里，做自己的女王。"精神富足的女人，不需要别人赋予自己人生的意义，哪怕周遭只有自己，世界同样精彩。

女人的优雅，永远比漂亮更高级。那是言谈举止之间透露出来的渊博知识和深厚的修养，举手投足，皆是从容有度。

每个人都有追求美好生活的权利，内心丰盈的女子，不会执着于追求物质上的满足。就如同本书中的民国女神们，灵魂的充实，淡化了她们对名利与物质的欲求。丰盈的内心，便是她们快乐的源泉。她们有一个共通点：将一颗心安放于尘土，归于尘土，安于当下的幸福，却并不安于现状，对生活有追求，却不奢求。

丰盈的内心，会让人更低调谦和，哪怕资本再多，也无须刻意炫耀。我爱这些民国女子，是因为她们的思想在不断学习和成长中变得更加饱满，更知道如何在平淡中彰显自己的魅力。她们是聪明的，只有不炫耀的女人，才能获得更多尊重，如影星胡蝶一般，越低调，身上便越会散发出不可掩饰的光芒。

若你身为女子，请记得，无论何时，要懂得保护自己。爱情不是女人的保护伞，在爱情中，记得做自己。不要如恋爱中的张爱玲，卑微入尘埃，换不来真正的爱情。爱情如一座天平，当达到平衡，才最稳定。

不要为了爱情与婚姻，让自己变得不像自己。请像唐瑛那样，为自己而活，纵然生活不易，也不要丢失自己的纯真。无论何时，把自己当成值得疼爱的少女，无关年龄。

最后，分享一段奥黛丽·赫本的话："魅力的双唇，在于亲切友善的语言。可爱的双眼，要善于看到别人的优点。苗条的身材，要肯将食物与饥饿的人分享。美丽的秀发，因为每天有孩子的手指穿过它。优雅的姿态，来源于与知识同行。人之所以为人，是必须充满精力、自我反省、自我更新、自我成长，而并非向他人抱怨。"